Tucholsky Wagner Zola Scott Sydow Freud Schlegel
Turgenev Wallace Fonatne

Twain Walther von der Vogelweide Fouqué Friedrich II. von Preußen
Weber Freiligrath Frey
Fechner Fichte Weiße Rose von Fallersleben Kant Ernst Richthofen Frommel
Fehrs Engels Fielding Hölderlin
Faber Flaubert Eichendorff Tacitus Dumas
Feuerbach Maximilian I. von Habsburg Fock Eliasberg Zweig Ebner Eschenbach
Ewald Eliot
Goethe Elisabeth von Österreich London Vergil
Mendelssohn Balzac Shakespeare
Lichtenberg Rathenau Dostojewski Ganghofer
Trackl Stevenson Doyle Gjellerup
Mommsen Tolstoi Hambruch
Thoma Lenz Hanrieder Droste-Hülshoff
Dach Verne von Arnim Hägele Hauff Humboldt
Reuter
Karrillon Garschin Rousseau Hagen Hauptmann Gautier
Damaschke Defoe Hebbel Baudelaire
Descartes
Wolfram von Eschenbach Hegel Kussmaul Herder
Darwin Dickens Schopenhauer Rilke George
Bronner Melville Grimm Jerome Bebel
Campe Horváth Aristoteles Proust
Bismarck Vigny Barlach Voltaire Federer Herodot
Gengenbach Heine
Storm Casanova Tersteegen Grillparzer Georgy
Chamberlain Lessing Langbein Gilm
Brentano Lafontaine Gryphius
Strachwitz Claudius Schiller Kralik Iffland Sokrates
Katharina II. von Rußland Bellamy Schilling
Gerstäcker Raabe Gibbon Tschechow
Löns Hesse Hoffmann Gogol Wilde Vulpius
Luther Heym Hofmannsthal Gleim
Roth Heyse Klopstock Klee Hölty Morgenstern Goedicke
Luxemburg Puschkin Homer Kleist
Machiavelli La Roche Horaz Mörike Musil
Navarra Aurel Musset Kierkegaard Kraft Kraus
Nestroy Marie de France Lamprecht Kind Kirchhoff Hugo Moltke
Nietzsche Nansen Laotse Ipsen Liebknecht
Marx Lassalle Gorki Klett Ringelnatz
von Ossietzky May Leibniz
vom Stein Lawrence Irving
Petalozzi Platon Knigge
Sachs Pückler Michelangelo Kock Kafka
Poe Liebermann Korolenko
de Sade Praetorius Mistral Zetkin

Hinter der Welt

Alfred Schirokauer

Impressum

Autor: Alfred Schirokauer
Umschlagkonzept: toepferschumann, Berlin

Verlag: tredition GmbH, Hamburg
ISBN: 978-3-8495-3196-6
Printed in Germany

Text der Originalausgabe

Alfred Schirokauer

Hinter der Welt

Roman

1926

Alfred Schirokauer

Hinter der Welt

Roman

1 · 9 · 2 · 6

J. Engelhorns Nachf. Stuttgart

1

Der Walfischfänger »Eisvogel« stob beutelüstern an der Jan Mayen-Insel dahin.

Er war nicht einer dieser kleinen, als Schoner getakelten Dampfer, die sonst in den nordischen Gewässern dem Wale zu Leibe gehen. Ein großer schlanker Kerl war er, und sein Herz schlug mit dreißig Pferdekräften.

Sigfus Thorsteinsson, Islands kühnster Harpunier, befehligte ihn. Er hatte sein langes hartes Walfischjägerleben hindurch Öre auf Öre gelegt, bis er diesen geräumigen Eisenkasten hatte chartern können. Denn er wollte den Wal mit Booten jagen. Diese neumodische Art, die sich in die isländischen Gewässer eingeschlichen hatte, vom kleinen Dampfer aus feig den Wal zu harpunieren, widerstrebte seinem alten Wickingerherzen.

In einem Abstand von hundert Metern stampfte der »Eisvogel« an der Küste der Jan Mayen-Insel dahin. Wie schwarze Watte pufte der Rauch aus dem Schlote, trieb in dunklen Wolken der Insel zu und klomm in breiten Schwaden an dem schimmernden Neuschnee des Beerenberges hinan.

Helga Helaason stand an der Reling und blinzelte voll staunender Andacht hinüber zu dem blendenden Weiß des Riesengletschers. Hoch oben stieß er mit blinkendem Kegel in den klarblauen Himmel, glitt dann mit breit auswachsendem Rücken viele tausend Meter hinab und grub sich mit baumdicken Eiswurzeln hinein in das grüne gischtsprühende Polarmeer.

Jetzt kam mit breitem behaglichen Seemannsgange Sigfus Thorsteinsson, der Kommandor, daher. Vor Helga Helaason blieb er grätschbeinig stehen, bohrte die Hände noch tiefer in die weiten Hosentaschen, daß die harten Knöchel sich durch den rauhen Stoff scharf abzeichneten, und zeigte mit dem Kinn zu dem sonnenglitzernden Firnfelde hinüber.

»Feiner Geselle das, was? Aber ein heimtückischer, gefährlicher Bursche, Helga Helaason. Hat schon mancher brave Isländerschädel sich eingerannt, da drüben an den Eisborsten.«

9

Helga Helaason nickte stumm und sah hinüber zu dem unnahbaren vereisten Schweigen.

Thorsteinsson spuckte seinen Priem in geschicktem, schön gerundeten Bogen über das Geländer.

»Nun wird's bald interessanter,« versicherte er und wandte sein graubart-umrahmtes rotes Seemannsgesicht gen Norden. »Vor Abend baumelt der Erste am Steuerbord.«

Helga wandte ihm rasch das Gesicht zu.

»Heute schon, Sigfus Thorsteinsson?« fragte sie und zog die dunklen Brauen erstaunt empor. »Ich dachte erst dicht bei Grönland.«

Der Kommandor schüttelte den Kopf unter der schwarzen Mütze.

»Um diese Jahreszeit, wenn er noch nicht beunruhigt ist, kommt der Grönwal bis hier herunter, mein Tochting. Wir sind ja die Ersten hier draußen dies Jahr.«

Er lugte scharf über den Kiel hinaus.

Helga folgte seinem Blick. Draußen wogte die See in lichtgrünen langgestreckten Wellen. Kalt glitzerte die junge Junisonne auf den weißen Kämmen.

»Wenn es los geht, Helga Helaason, gehen Sie ganz vor ins Back, daß Sie alles sehen,« wies Thorsteinsson.

Das junge Mädchen sah ihn starr an.

»Wie, ich soll hier an Bord bleiben?« rief sie entrüstet.

Da lachte der Alte ein rollendes Lachen, daß es an der weißen Wand drüben ein schwirrendes Echo erweckte. »Sie wollen wohl gar mit ins Boot, Helga Helaason?«

»Aber natürlich doch, Sigfus Thorsteinsson.«

Der Kommandor lachte noch immer, bis tief hinein in seinen struppigen Randbart.

»Nein, mein Tochting,« er schüttelte heftig den Kopf, »darf ich nicht gestatten. Kann ich vor dem Herrn Bezirkshauptmann nicht verantworten.«

»Mein Vater braucht es ja nicht zu erfahren,« schlug Helga diplomatisch vor.

»Nein,« entschied der Alte fest, »ich habe Sie als Gast an Bord genommen und habe Sie heil wieder in Reykjavik abzuliefern. Da im Boot – nein, mein Tochting, solch richtiger Grönwal haut manchmal dazwischen, daß Boot und Bemannung in Fetzen gehen.«

Damit nickte er ihr freundlich tröstend zu und trappte nach dem Achterdeck.

Helga sah ihm nach, bis er an der Treppe verschwunden war, die zur Kommandobrücke hinaufstieg. Dann warf sie den Kopf zurück, daß die rotblonden Haare, die unter der kecken Seemannsmütze weich hervorquollen, in den Nacken wippten. Energisch biß sie die Zähne auf die feuchte Unterlippe.

Nein, so schnöde ließ sich des Bezirkhauptmanns Tochter nicht abspeisen. Wenn es erst so weit war, würde sie schon –

Sie zog das Glas aus dem Futteral und durchsuchte aufmerksam den flimmernden Horizont. Da huschte eine hastende Unruhe über Deck und riß sie aus ihrer spähenden Versunkenheit.

Der Rauch quoll noch schwärzer aus dem Rohre, die Männer fuhren in ihre steifknarrenden Ölmäntel, und in den vier länglichen Schmalbooten, die paarweis am Steuer und Backbord an ihren Tauen leise hin- und herwiegten, standen plötzlich die vier Harpuniere. Emsig zogen sie die Hüllen von den kleinen Geschützen, die vorn im Kiel der Boote von einer Plattform aus den blanken Lauf drohend über den Steven hinausreckten. Und nun schwangen sich die Leinenwarte in die Schaluppen und prüften noch einmal die viele hundert Faden lange Leine und ölten die Winde, über die sie glitt, wenn der getroffene Wal auf den Grund des Meeres niederschoß.

Voll abenteuer-lüsterner Neugier beobachtete das Mädchen die Vorbereitungen zur Jagd. Jetzt wurde die lange spitze Harpune an der Leine befestigt und in das Rohr des Geschützes geschoben. Dann probte der Harpunier, ob die Leine glatt und hurtig in dem Schlitze des Laufes dahinglitt. Und schon schleppten die acht Ruderer ihre Riemen herzu und die Bootsführer prüften das Gleiten der Taue, in denen die Boote hingen.

Helga Helaason fühlte: jetzt ging es los.

Oben auf der Kommandobrücke stand Sigfus Thorsteinsson, das Glas in der Faust. Und der Ausluck oben in seinem Ringe am Topmast beugte den Körper weit vor über die Stange, als wollte er mit seinem Fernrohr den Horizont durchbohren.

Jäh reckte er sich noch kühner hinaus, daß Helga leise aufschrie. Sie glaubte, er werde vornüber auf das sprühfeuchte Verdeck stürzen. Aber da riß er den Oberkörper zurück, warf beide Arme steil empor und schrie mit jubelnder Stimme: »Wal ahoi! Wa–a–l ahoi!«

Alles starrte zum Topp hinauf. Jetzt streckte der Mann dort oben den Arm gerade voraus in den sonnensatten Luftraum hinein, daß der schwarze Ärmel der Jacke goldumrandet aufglänzte. Des Kommandors Glas flog in die gemeldete Richtung.

Dann wetterten die Befehle über Deck.

Mit jähem Ruck stoppte die Fahrt ab, am Heck quollen die Wasser grüngurgelnd auf. Sacht glitt der »Eisvogel« im Schatten des Beerenberges dahin, nervös in allen Fugen bebend von der zurückgedämmten Kraft der Maschine.

Helga Helaason durchsuchte mit ihrem Fernglase vergeblich den Horizont. Wo ragte der Berg aus dem Wasser? Denn wie ein dunkler Berg, hatte man ihr gesagt, liege der Wal auf den Wellen. Und plötzlich – da – da – regenbogen-buntleuchtend stieg eine Fontäne hoch empor, bog sich blauschillernd um und rieselte in Silbertropfen zerstäubend nieder ins aufsprühende Meer.

Das war der Wal! Dort schwamm er und spritzte das Wasser aus dem Luftloch oben in seinem Kopfe.

Schon waren die Boote bemannt. Wie die Affen kletterten die Ruderer hinein. Die Schaluppen gingen bereits nieder. Ohne Überlegung sprang Helga zur Reling. Das erste Boot glitt gerade an der Bordbarriere vorbei zur Tiefe.

»Ich komme mit!« rief Helga Helaason, stemmte die sportgestählten Hände fest auf das Geländer und schwenkte geschmeidig die Röcke hinüber. Eine Sekunde lang blinkte weiß die Wäsche auf, dann war sie im Boot. Fast hätte sie im Anprall den Harpunier über Bord geworfen. Er klammerte sich jäh mit der Linken an das Geschütz, mit der Rechten faßte er das Mädchen um die Hüfte und stellte sie hinter sich, neben den Leinenwart, auf die Füße. Sie richtete sich auf, strich die Haare unter die Mütze zurück und sagte:»Da bin ich, Ami Einarsson.«

Der junge Harpunier strahlte über das bartlose Gesicht.»Bravo, Helga Helaason. Es ist eng, und ganz naß wirst du werden.«

»Macht nichts,« lachte Helga und wandte sich dem Bootsführer am Steuer zu.

»Darf ich mit?« fragte sie etwas verspätet.

Der schmunzelte und rief:»Setzen Sie sich auf die Geschützrampe. Und haltet sie gut fest, ihr da vorn!«

Harpunier und Leinenwart nickten froh pflichtbewußt, und die Bemannung grinste und legte sich weit in die Riemen, stolz ob ihres schönen Fahrtgenossen.

Oben aber auf der Kommandobrücke kaute Sigfus Thorsteinsson ingrimmig auf seinen Tabak ein und brummelte vor sich hin:»Solch dreistes Mädel! Solch dreistes Mädel! Ein verdammt gutes Wickingerblut!«

Als das Boot das Wasser berührte, empfand Helga Helaason sofort die heftige Dünung. Meterhoch fuhr die Schaluppe schrammend an der Schiffswand hinan und fiel dann schroff zurück ins Wellental, daß es schmerzend in den Eingeweiden riß. Einmal, zweimal wetzte das Boot an dem Schiff hinauf und hinab – dann schoß es jäh nach vom und glitt an dem Bug des»Eisvogels« vorüber hinaus ins offene Meer.

Die andern drei Schaluppen folgten.

Doch allen voran flog das Boot, dessen oftbewährter treffsicherer Harpunier der blonde Arni Einarsson war. Vom Bootsführer bis zum letzten Rudermaat empfand es jeder stolzbewußt, daß es heute um die Jägerehre ging. Sie, und nur sie, durften den ersten Schuß abfeuern, ihrem schönen Gaste zur Huldigung.

Helga Helaason klammerte sich mit starren Fingern an das Holz der Plattform und blickte unverrückt geradeaus auf den Punkt im Meere, an dem von Minute zu Minute die blinkende Fontäne stieg.

Die See war ihr seit ihrem Schulbesuch in Reykjavik wohlvertraut. Doch diese kecke Bootsfahrt mitten im frühsommerwilden Eismeere war ihr ein nie erlebtes spannendes Abenteuer.

Das eisige Meerwasser sprühte ihr beißend in die Augen. Ab und zu schlug eine Welle zischend über Kiel und Geschütz herein. In dunklen Rinnsalen rann das Wasser über ihren blauen wetterfesten Regenmantel. Hoch auf fuhr der Bug und schoß steil wieder zu Tale. Helga hob und senkte sich gelassen mit dem Rhythmus der Bewegung. Der salzige Geschmack brannte auf den Lippen, die Lider und Augen färbten sich rot. Sie stand unverzagt neben dem Harpunier, das Herz zitterte in verwegener Jägerlust.

Jetzt sah sie den dunklen Koloß im Wasser liegen. Ganz deutlich erkannte sie den hoch aus dem Meere gewölbten Rücken und den platten, sanft gezackten Schwanz.

»Ein echter Grönländer,« flüsterte der Harpunier.

Und nun stand plötzlich der lange Bootsführer aufrecht. Mit zusammengepreßten Lippen zogen sie kaum hörbar die Riemen.

Der Wal äste.

Ganz vorsichtig, vom Rücken aus mußte man ihn beschleichen. »Denn,« flüsterte Arni Einarsson, »er sieht gut, aber hört schlecht. Und wenn er uns sieht, taucht er auf Nimmerwiedersehen.«

Die Lippen des jungen Weibes zuckten vor Erregung. Furcht kannte sie nicht.

Immer näher glitt das Boot, zog einen raschen Bogen nach Westen und schoß jetzt gerade auf den Riesenschwanz los, der sacht und behaglich das Wasser schlug.

»Wir müssen ganz dicht heran,« belehrte ruhig der Harpunier, die sichere Hand am Hebel des Geschützes.

Die Wellen wallten erregt auf. Langgetragene, starke, gutmütige, schwallten unter dem Kiele dahin, und kleine, gischtige sprangen über den Bug herein und schlugen blindwütig die Zähne in die kältegespannte Haut wie kleine bissige Köter.

Helga merkte es nicht. Sie waren jetzt ganz dicht herangekommen. Ja – jetzt ragte es wie ein dunkles Vorgebirge. – Wenige Meter trennten sie noch. – Der Herzschlag setzte aus. – Sie glaubte, sie schnitten mitten hinein in diese weiche graudunkle Masse. Unwillkürlich bog sie, dem Anprall ausweichend, den Oberkörper zurück. Da lohte ein Blitz dicht neben ihr – ein schmerzender Stoß des zurückprallenden Geschützes schmetterte gegen ihr Knie – ein polternder ohrenbetäubender Donner rollte – eine hohe lange Masse, an der sie dicht hinglitten, verdunkelte die Welt – dann jähe Helle.

Viele Meter waren sie über den Kopf des Wals hinaus ins Meer vorwärts geschossen.

Der Ruck, mit dem das Boot wendete, warf Helga nieder. Im Fallen sah sie jenseits der Bootswand etwas Schwarzes rasch tauchend ins Meer verschwinden.

Als Arni Einarsson sie aufrichtete, lag ein stolzes Lächeln um seinen Mund.

»Mitten ins Spritzloch habe ich ihn getroffen,« lachte er.

Ein schwirrendes Geräusch dicht neben ihr drang auf Helga ein. Sie fuhr nach rechts herum und sah die Leine mit brausender Geschwindigkeit über eine am Bootsrand befestigte Welle ins Meer hinablaufen. Der Leinenwart stand daneben. Die Augen traten ihm vor gespannter Aufmerksamkeit aus den Höhlen. Ein Knoten, eine Windung im Tau und das Boot kenterte.

»Jetzt flieht er auf den Meeresgrund,« erläuterte Arni Einarsson behaglich.

»Hundert Faden.« meldete der Leinenwart und befeuchtete Leine und Welle mit Meereswasser, ein Durchbrennen des in rasender Eile über die Spule gezerrten Taues zu verhindern.

Die Leine lief mit sausender Schnelligkeit.

»Ein starker Kerl,« nickte der Harpunier. »Manche laufen sechshundert Faden und zerschmettern sich dann die Kinnladen auf dem Meeresgrund, so hart fahren sie auf.«

»Zweihundert Faden,« meldete der Leinenwart und griff zur Axt.

»Was will er?« raunte Helga atemlos.

»Die Leine kappen, wenn die Schnelligkeit nicht nachläßt. Dann ist er nicht gut getroffen und reißt das Boot mit in die Tiefe, wenn die Leine zu Ende geht.«

»Dreihundert Faden.«

Die Leine rann noch immer straff und surrend. Jetzt waren die drei andern Boote ganz in der Nähe. Hochauf schaukelten sie in der Dünung.

»Vierhundert Faden.«

Alles starrte auf das rinnende Tau.

»Fünfhundert Faden.«

Der Wart wuchtete die Axt in der Faust. Jetzt galt es bald Leben und Tod.

Da wurde das helltönige Sausen der Leine dunkler, das Hinabrieseln mählich langsamer.

Ein Hurra durchbrauste die Luft. Der Wal ermattete. Sein Geschick war besiegelt.

Es verging einige Zeit, dann wurde das Tau schlaffer. Klappernd arbeitete die Winde, die es anzog. Jetzt stieg der Wal zur Oberfläche, Atem zu schöpfen. Und dann kam der nervenzerreißende Moment der Erwartung. Wo würde der Kopf auftauchen? Sekunden atemlosen Starrens verrannen. Mitten zwischen den Booten warf das Meer einen Wasserberg hoch empor. Die Schaluppen legten sich tief zur Seite. Eine Fontäne prasselte neben Helga nieder. Der Wal prustete dicht vor ihrem Boote. Die Harpune stak mitten im Blasloch.

Kaum war der Körper aufgetaucht, da dröhnten fast gleichzeitig von den andern Booten drei Kanonenschläge. Als sich der Pulverdampf verzog, war die Stelle, an der das Tier gelegen hatte, leer. Ein blutiger weiß-grüner Strudel bohrte sich weit kreisend ins Meer.

»Achtung!« schrie der Harpunier jetzt Helga zu. »Festhalten!«

Und plötzlich ging der von vier Harpunen getroffene Koloß, rasend vor Schmerz, neben dem Boote in die Höhe. Auf quoll das Meer. Das Boot wurde meterhoch emporgeschnellt, sauste wieder hinab, eine weiße See wallte über den Bordrand herein. Alles schrie durcheinander. Der Wal peitschte die See mit Schwanz und Finnen, daß Wassertürme aus tiefen Schlünden aufsiedeten und rasselnd über die Boote zusammenbrachen.

Und in all dieses Brausen und Gurgeln und Stürmen hinein wetterte jeder Schlag des Schwanzes wie Donnergrollen.

Kaum waren die Boote dem Anprall ausgewichen, da tönten markige Kommandorufe der Bootsführer. Helga Helaason sah etwas Blinkendes in der Faust ihres Harpuniers. Gerade auf das schlagende Ungetüm ging es los. Knietief stand sie im Wasser. Haarscharf an dem schwarzen Ungetüm scharrten sie vorbei.

Mit blutaufpeitschendem Schrei schleuderte Arni Einarsson dem Wal die Lanze im Vorbeisausen durch die Schwarte hindurch in die Lunge.

Ein armdicker Blutstrahl spritzte aus dem Blasloch purpurschwarz durch die Luft. Und schon traf ihn die Lanze aus dem zweiten Boote. Ein aufstöhnendes Brüllen erschütterte das wallende Meer. Eine zweite Blutfontäne stieg scharlachfarben auf und fiel klatschend nieder in die See. Der dritte Speer verfehlte sein Ziel, der vierte hakte nur lose im dünnen Fette.

Aber schon hatte das erste Boot gewendet. Wieder zurück ging es auf das sich in Schmerz und Wut wälzende Tier.

Plötzlich stob der Wal, blind vor Qual und Furcht, durch das Wasser, gerade auf das dritte Boot zu. – Es wich ihm aus wie ein gewandter Bandillero dem wütenden Stiere. Aber zugleich schlug der peitschende Schwanz mit massiger Wucht auf die vierte Schaluppe nieder. Die Wendung des Wals war zu plötzlich gekommen. Knochen und Bootsplanken krachten und splitterten.

Helga taumelte zurück gegen den Leinenwart und schloß matt vor Entsetzen die Augen. Schreie, die das Blut erstarren ließen, gellten durch die dünne Luft. Aber jetzt war nicht Zeit zum Trauern.

»Zwei Boote zur Hilfe!« schrie der Führer in Helgas Boot.

Und sogleich gingen sie selbst wieder zum Angriffe vor, den Wal von der Unglücksstätte zu vertreiben.

Abermals flitzten sie dicht zwischen dem Wälzen und Schlagen hindurch, und diesmal traf ihn Arnis stählerne Lanze mitten ins Herz.

Wie eine angstgehetzte Ochsenherde brüllte das Tier auf, galoppierte im Todeskampfe durch das Wasser, lag dann plötzlich still, ein Schwanken erschütterte den Riesenleib – ein Röcheln lief über die Wogen – ein Erbeben schlotterte über das Wasser – langsam – ganz langsam versank der dunkle Rücken – weiß-bunt stieg es herauf – mählich drehte sich der schwere Körper – die blauen geraden Linien des hellen Bauches leuchteten zutage – immer weiter drehte er sich – ein Strudel gurgelte auf. – Dann lag der Leichnam steif und ungefüg auf dem Meere.

Klingende Stille sank über die Polarwelt.

Ein erdrückendes Schweigen hallte dem gellen Getümmel des Kampfes nach.

Stumm ward es in den Booten. Alles blickte zagend nach der Stelle, an der das vierte Boot zertrümmert worden war. Zwei Mann waren heil zwischen den zerborstenen Planken der Schaluppe aufgetaucht und geborgen worden. Drei andre zog man mit zerschlagenen Gliedern herein. Die andern trieben irgendwo in den tiefen Strömungen des Meeres. Jetzt stampfte der »Eisvogel« heran. Verbissen und freudlos bugsierte man den toten Wal zum Backbord und legte ihn fest. Ein Sechsunddreißig-Meter-Geselle war es.

Die Boote wurden emporgewunden, die Mannschaft klomm an Bord. Noch einmal suchte man die Runde ab. Vielleicht ragte doch irgendwo aus den Fluten ein verzweifelter Arm, der nach Hilfe winkte. Nichts – nichts. Nur treibende zersplitterte Ruder und Speichen.

Hart klang das Kommando über Deck. Prustend nahm die Schraube wieder die Arbeit auf. Der »Eisvogel« zog weiter seine Fahrt.

Blutschäumend sprühte die Brandung an den Eisstollen des Beerenberges empor.

2

Immer weiter nach Nordwesten fauchte der Walfänger. Er führte keine Transiederei an Bord. Sigfus Thorsteinsson lieferte seine Beute gegen gute Bezahlung an die Walfischstation in der Greenbay auf Spitzbergen. Dorthin nahm er den Kurs.

Es war gegen zehn Uhr abends. Die Sonne stand am grünblauen Himmel. Wild wogte die See. Zartrosa spritzten die Wellenkämme auf. Doch das Wasser war schwarz wie Blei. Nur die Strahlenstreifen der Sonne zogen darin zitternde Furchen, die schwer waren von Gold.

Helga Helaason wanderte mit ihren eigentümlich weit ausholenden Schritten um das Deck herum. Vom Backbord, an dem der tote Wal hing, wehte ihr ein erstickender Verwesungshauch zu. Da ging sie vorn in den Kiel, setzte sich auf den auf- und niederwiegenden Bordrand und starrte hinüber zu der roten Polarsonne.

Sie dachte an den Kampf vom Vormittage und an die braven Landsleute, die jetzt mit zerschmetterten Gliedern irgendwo dort draußen im Eismeere trieben.

Ihre Gedanken wanderten, traurig und voller Schwermut.

Der Vater hatte es gut gemeint, als er sie zu dieser Fahrt auf Sigfus Thorsteinssons Waljäger überredete. Doch es half ihr nichts. Die Sehnsucht blieb.

Wenn sich in Spitzbergen ein Dampfer fand, der nach Island ging, wollte sie zurückkehren. Hier draußen wurde das Verlangen nach der Welt nur immer mächtiger und unerträglicher.

Drüben sank die Sonne langsam zum Meere hinab. Helga Helaason sah hinüber, die Augen wurden ihr feucht. Groß und erhaben war es hier draußen im Polarmeere. Ja – ja. Gewiß sah sie das. Sie war nicht so stumpf, daß sie diese niederzwingende Herrlichkeit der raunenden Einsamkeit hier draußen nicht empfand.

Jetzt stand die Sonne blutrot dicht über dem Wasserspiegel. Und plötzlich glitt ein einsames Fischerboot vor dem glühenden Ball vorüber. Purpurgolden wurden seine Segel. So sagenfern und weltentrückt war es, daß es dem schauenden Mädchen schien, als würde die Runde plötzlich noch weiter und stiller.

Und dann fiel die Sonne jäh ins Meer. Glasgrün leuchtete der Horizont.

Helga Helaason blickte hinüber. Ihre schmalen dunklen Brauen, die sich alltags wie Dächer über den Augen giebelten, wurden zu feinen runden Bogen, wie stets, wenn es wesenlos weit in der Brust wurde und ihr Gemüt seine ahnungsstillen Feierstunden beging.

Plötzlich packte sie ein unwiderstehliches Verlangen, in dem, als kostbarstes Kleinod behüteten, Tagebuch der toten Mutter zu lesen, in diesen Aufzeichnungen eines Gemütes, das von der grausam grausigen Polarnatur zermalmt worden war.

Sie erhob sich, in die Kabine zu gehen. Da kletterte der junge Harpunier Arni Einarsson über die sperrende Ankerkette zu ihr herüber.

»Du bist noch nicht zu Bett, Helga Helaason?« fragte er vertraulich.

Sie schüttelte den Kopf. »Die Sonne ist so schön untergegangen,« sagte sie leise.

Dann blickten sie beide stumm hinaus auf das Meer. Eine nebelgraue Helle lag über der Wasserwelt. Nur die See ebbte wie eine stumpfe, dunkelflüssige Kautschukmasse.

Dem guten Arni war das Herz schwer und beklommen. Er kannte Helga Helaason seit den Kindertagen. Sie stammten beide aus einem kleinen Orte des Südlandes, in dem seine Mutter als schlichte Bauerswitwe und Helgas Vater als der allmächtige Königlich-Dänische Bezirkshauptmann wohnten. Doch das beengte Arnis Unbefangenheit nicht. Isländer kennen keine Standesunterschiede. Da war etwas anderes. –

Ja, er kannte Helga Helaason schon recht lange.

Sie waren dann beide nach Reykjavik in Pension gekommen. Er besuchte das Realgymnasium, die junge blonde Helga die Mädchenschule. Und oft traf er sie auf den kotigen Straßen und sprach sie an, scheu und verlegen. Denn schon damals schien sie ihm das herrlichste Nordlandsmädel.

Und als er als forscher Jungmann zur Steuermannsschule schritt, wanderte sie verschränkten Armes mit ihren Freundinnen in diese vortreffliche»Handelsschule«, in der die jungen Isländerinnen drei Sprachen gewandt handhaben lernen. Dann war er zur See gegangen und hatte Helga viele Jahre nicht gesehen. Doch vergessen hatte er sie nicht. Und nun war sie kurz vor dem Auslaufen des»Eisvogels« plötzlich an Bord erschienen. Und die Fahrt war ihm ein erfüllter Sagentraum geworden.

Da das Schweigen nun lange genug gedauert hatte, sagte Helga endlich:»du hast das heute fein gemacht, Arni, wie du den Wal trafst.«

Über Amis breites rotes Wettergesicht flammte es hell auf bis hinauf unter die Seemannskappe.

»Ich war stolz auf dich und daß du auch aus Hlidarendi bist.«

Arni Einarssons Gesicht wurde noch breiter. Nie war ihm die junge Helga so anbetungswürdig erschienen als in dieser Nacht. Er wußte nichts zu sagen. Aber seine Gedanken liefen. Sie ist anders als die andern Mädchen, überkam es ihn wieder. Ihre Augen sind noch strahlender blau und die Nase noch kühner, und groß und schlank ist sie auch. Sie hat etwas, was die andern nicht haben. Das hat sie.

So dachte Arni. Aber es dauerte eine geraume Weile, bis er sprach:»Ich bin sehr froh, Helga Helaason, daß du mit mir zufrieden bist.«

Er sagte das so bewegt, daß sie überrascht aufblickte. Rasch ablenkend, wendete sie das Gespräch dem Meere zu.

»Die armen Burschen, die nun dort draußen treiben.«

Arni zuckte die Achseln.»Isländer Los,«sagte er kurz.»Dort liegen wir alle einmal.«

Dann brach wieder ein lastendes Schweigen herein, bis Helga aus ihren schwimmenden Gedanken heraus sagte:»Sag Arni, du bist, wie fast alle, auf dem Gymnasium gewesen, du sprichst Englisch und Deutsch, du hast viele Bücher gelesen. Genügt dir nun dieses Leben hier draußen? Diese Waljagd und alles dies?«

Sie zog die Brauen zusammen und sah ihn gequält an.

»Ich verstehe dich nicht!« staunte er.

»Sieh mal« – sie rückte vertraulich dicht zu ihm heran – »du hast doch auch von den großen Städten dort draußen gehört und gelesen.«

Sie zeigte mit der Hand vag gen Süden in die bleiche Nordlandshelle hinein.

»Hast du gar kein Verlangen, einmal dort hinaus zu kommen – einmal in all dieses Licht hineinzuspringen, das dort unten ist?«

Ihre Wangen röteten sich lebhaft, die Augen leuchteten wie ein Licht aus einer blauen Laterne.

Der junge Harpunier starrte sie an.

»Nein,« sagte er langsam, »daran habe ich noch nie gedacht.«

»So?« summte Helga und biß die Lippen zusammen. »Und wenn du von Paris und London und Berlin hörst und liest, was denkst du dann?«

Er fühlte den durchklingenden Hohn. Da erwachte der Isländer in ihm.

»Dann denke ich, Helga Helaason,« entgegnete er fest und sah ihr klar in die Augen, »dort ist es so und bei uns ist es eben anders.«

Sein Widerstand reizte sie. »Ja, anders ist es,« nickte sie. »Ganz anders. Denk an die Grashütte mit der einen dunklen Stube, in der deine Mutter haust. Denk an die kümmerlichen Holzhäuser mit ihrem Wellblech in unsrer famosen Hauptstadt. Was ist denn Reykjavik, wenn wir ehrlich sind? Ein elendes Fischerdorf. Und wie leben wir? Wie kleiden wir uns?«

Plötzlich faßte sie Arnis Arm und preßte ihn, daß es schmerzte.

»Arni, möchtest du nicht einmal hinaus in diese großen Städte, wo sie alle in Palästen wohnen und wo alles hell ist vor verfeinerter Kultur? Möchtest du nicht einmal hinaus in die Welt?

Eine wütende Eifersucht packte ihn. »Nein,« schrie er ingrimmig, »ich möchte nicht! Meine Vorfahren haben in Island und auf dem

Meere hier gelebt und sind hier gestorben und waren damit zufrieden. Und ich will auch hier leben und hier sterben.«

»Ja,« rief Helga verzweifelt, »wozu pfropfen sie uns dann voll mit all dieser Bildung, wenn wir sie doch nie in Kulturländern verwerten können?«

Da sagte Arni Einarsson: »Das tun sie, Helga, weil wir den langen Winter haben, in dem wir uns mit uns selbst und unsern Büchern beschäftigen müssen. Deshalb soll unser Gemüt wohl geschult sein. Denn dort liegt unsre Welt. Und wir sollen verstehen, unsre alten Sagen zu lesen und zu begreifen. Deshalb bilden sie uns so gut.«

Helga schwieg.

Da fuhr Arni weich fort: »Helga Helaason, du bist durch deinen Vater Isländerin. Du mußt, wie wir alle, dein Land lieben.«

Und ganz leise begann er in das Rauschen des Wassers, das sich am Kiele brach, die alte Sage ihres Heimatortes zu raunen. Die Sage von dem »ritterlichsten Helden auf Island«, Gunnar von Hlidarendi, der wegen vieler Todschläge ins Ausland verbannt wurde und sich noch einmal umblickte, als er schon zum Schiff hinabritt. Da griff ihm die Schönheit seines Landes so ans Herz, daß er umkehrte und sein Leben verwirkte. Er wollte lieber unter dem Richtbeile verrecken als die Heimat als freier Mann verlassen.

Wie einen Beschwörungsspruch flüsterte Arni Einarsson die uralten Verse in die polarklare Nacht:

»Doch Gunnar schaut noch einmal jetzt zurück,
›Nie,‹ ruft er, ›sah ich schöner dies Stück Erde.
Die rote Blume blinkt im gelben Hage,
Zerstreut auf breiten Weiden geht die Herde.
Hier will ich enden meine Lebenstage.‹

Das, Helga Helaason, ist unsre Welt.«

Da gab sie ihm die Hand.

»Arni Einarsson,« sagte sie innig und blickte ihn mit feuchten Augen an, »ich empfinde das alles. Ich liebe unser Land. Und doch – Arni, ich sehne mich so sehr nach der Welt und dem Leben.«

»Das ist die Erbschaft deiner Mutter,« stieß er zornig, heftig hervor.

»Ja, das ist es wohl,« nickte Helga in zärtlichem Gedenken. »Und nun wollen wir zu Bette gehen, Arni. Denn morgen ist wieder ein Tag und vielleicht auch wieder ein Wal.«

3

Am nächsten Morgen blies ein schneidiger Wind herüber von den Eismassen, die Grönlands Küsten umgürten. Es ward ein seltener Glückstag für Sigfus Thorsteinsson. Drei große Tiere erlegten sie ohne Verluste an Mannschaften und Booten.

Noch einmal, am Vormittage, war Helga Helaason in Arnis Schaluppe mit hinausgefahren. Noch einmal durchlebte sie, jetzt schon bewußter und erfahrener, die fiebernde Spannung des Beschleichens, die hinstürmende Hast des ersten Harpunenschusses, das zagende Starren auf das schrill im Gleiten pfeifende Seil, den Triumph auf sichere Beute, als es ermattete, den Schrecken, der das Blut gerinnen machte, als der erschöpfte Wal jäh emportauchte, den wirbelnden Taumel des Ausweichens, Fortbiegens und Anstürmens gegen das peitschende todwunde Tier. Und die rieselnden Schauer dieses gigantischen Todeserstarrens.

Doch als sie durch das rotschäumende Meer zum Schiff zurückruderten, packte sie der Ekel über dieses grausame Abschlachten und Mitleid mit dem armen hilflosen Kolosse.

Jetzt, da die erste Erregung des Abenteuers verzittert war, sah sie nur noch das Häßliche der Todeshatz.

Wenn sie auch am Nachmittage die erneute Jagd von Bord aus mit dem Fernglase verfolgte, und wenn es doch wieder an ihren Nerven riß, als Arni Einarsson dem brüllenden Tiere die Lanze aus prachtvoller Fechterstellung in die Lunge jagte, das Ganze erfüllte sie doch mit widerstrebendem Abscheu.

Als kurz darauf der wohlbekannte Ruf der Topmastwache »Wal ahoi!« aufs neue die Mannschaft in die Boote warf, wandte sie sich ab und ging in ihre Kabine.

Es war ein hübscher kleiner Raum, den der Kommandor ihr hier oben aus dem Reservesteuerraume geschaffen hatte.

Sie setzte sich auf die Koje, stellte einen Fuß auf ihren kleinen Handkoffer, legte das Kinn in die linke Handfläche und grübelte. Ihre reine kluge Stirn zerfurchte sich in dunklen Falten.

Durch das offene Ochsenauge drang der Lärm des Kampfes, der draußen auf den Wassern tobte, aufscheuchend herein.

Diese Reise war ein trübes Fiasko. Helga wußte wohl, warum der Vater sie erklügelt hatte. Doch diese grausame Wikingerfahrt bannte die Gespenster nicht.

Ja, die »Gespenster« hatte der Bezirkshauptmann von Hlidarendi austreiben wollen. Die unseligen Geister seiner jungen Ehe.

In Kopenhagen hatte der Rechtskandidat Jonas Helaason die pikante kleine Sprachlehrerin Mademoiselle Juliette Denola kennen gelernt. Sie stammte aus sehr reichem, jäh verarmtem Marseiller Hause und war nach dem Norden gekommen, ihr Brot zu verdienen. Hier hatte sie sich in den großen stattlichen Isländer mit dem stolzen glattrasierten Munde verliebt. So sehr verliebt! Das Tagebuch aus jenen Tagen jubelte und sang. Und dann war sie mit ihm nach seinem Amtssitze Hlidarendi in Island gezogen. Damals wäre sie ihm bis zum Nordpol gefolgt.

Aber dann war der Rausch wohl verflogen. Das Tagebuch trauerte dunkel über Enttäuschungen. Und über die Öde des Landes und die Einsamkeit und die Fremde. –

Das Tagebuch war ein verzweifeltes Klagelied der Verbannten, und ein Sehnsuchtsschrei nach der Helle und dem Glanze des Lebens dort weit, weit draußen in der sonnigen Wärme der Provence und der Lichtstadt Marseille.

Helga Helaason kannte das geliebte Buch auswendig, Wort für Wort. Keiner außer ihr konnte es lesen, auch Vater nicht, der Isländisch und Dänisch, Deutsch und Englisch sprach, aber die Heimatslaute seiner Frau nicht verstand. Doch Helga hatte sie schon als einjähriges Kind gelallt.

Ein Satz dieses abgegriffenen schwarzen Buches ging Helga nach, Tag und Nacht.

»Luxus und Eleganz, Herren im Frack und Damen in grande Toilette und glitzernder Schmuck auf marmorglatten Nacken, Theater und dieser erregende Duft der Welt – ach ja, ich weiß, es sind wohl kleinliche Dinge. Aber nur für diejenigen, die sie besitzen. Für den, der sie gekannt hat und darin groß geworden ist und sie dann in fremder Einsamkeit entbehren muß, werden sie zum verlorenen Paradiese.«

Und dann, kaum fünfundzwanzigjährig, war die Mutter gestorben. An Lungenentzündung, sagte der Vater. Bei der Rückkehr von einem Besuch in der Nachbarschaft waren sie in einen Schneesturm geraten. Oh, Helga wußte es besser, woran die Mutter gestorben war. An Sehnsucht und Heimweh, an der Kälte und Leere ihres Lebens war sie gestorben. Daran war sie vergangen.

Das wußte Helga jetzt. Auf der Handelsschule in Reykjavik war sie noch eine echte bodenständige Isländerin gewesen. Und nur der Hang, ihre rohwollene Kleidung und ihr Haar mit allerhand Bändchen und Spitzen zu schmücken, ein fremdländischer Schönheitssinn und die ranke Grazie ihrer jungen Glieder hatten sie von ihren grobknochigen Freundinnen unterschieden. Aber als sie dann in das Heimatsdorf Hlidarendi heimkehrte, dem Vater die Wirtschaft zu führen, war es über sie gekommen. Aus dem Nachlaß ihrer Mutter stieg es auf. Aus all den Büchern, die Mama aus Paris bezogen hatte, und aus ihren hinterlassenen Schriften. Und da war die Mutter der Tochter, die äußerlich immer mehr das Ebenbild des Vaters wurde, in diesem sagenverehrenden Lande zu einer mystisch rauschenden Sehnsuchtssage geworden.

Der Bezirkshauptmann Helaason sah es voll Kummer. Und als Helga eines Tages vor ihn trat und ihn bat, sie in die Fremde zu schicken, packte ihn ein lähmendes Entsetzen. Er dachte an die bleichen Wangen der Mutter und ihre irrenden blanken schwarzen Augen, die in Sehnsucht brannten.

Schroff lehnte er ab. Vor dieser Heimatlosigkeit wollte er sein Kind bewahren. Hier in Island sollte sie leben und glücklich werden nach Isländer Art.

Helga warf ein, ihre Reykjaviker Schulfreundinnen wären auch ins Ausland gegangen. Asta Asmundsdatter nach England, Thyri Thorarinsson nach Berlin.

Er sei nicht wohlhabend genug, wich der Vater aus.

Helga erkannte die unkluge Ausflucht. Was der Beutel der beiden Reykjaviker Fischer vertrug, gestattete wohl auch des Bezirkshauptmanns Schatulle.

Sie schwieg und versuchte, sich in ihre Umgebung und ihr Land einzuleben. Aber gerade die Schönheit der Heimat nährte immer von neuem ihre Sehnsucht. Die linde klare Morgenstimmung über der Heide, der purpurblaue Abendhauch auf den Basaltbergen ringsum erweckte ein in die Ferne bangendes Verlangen. Die über dem Hekla schwimmende rote Wolke trieb ihr törichte Tränen des Hinausbegehrens in die Augen.

Eines Tages sagte der Vater:»Helga, ich glaube, es wird dir gut sein, einige Zeit aus dem Ort heraus zu kommen.«

Sie sah überrascht zu ihm auf. Röte erwartungsvollen Jubels überzog ihre Wangen.

»Ich habe mit meinem alten Schulfreunde, Sigfus Thorsteinsson gesprochen. Er fährt jetzt einen geräumigen Kasten. Wenn du willst, nimmt er dich gern einmal mit.«

»Wohin?« stieß sie hervor. Die Ader oben im Halse zuckte vor Erregung.

»Nach Spitzbergen und Grönland zur Waljagd.«

Da entfärbte die Enttäuschung ihre Wangen. Aber sie ehrte den Vater. Er war so stolz, so ritterlich und so kernhaft. Sie zwang sich zur Freude und willigte lebhaft ein.

Doch als sie jetzt in ihrer Kabine saß und draußen das Todesbrüllen des verröchelnden Wals die Polarstille durchschütterte, wußte sie, sie würde heimkehren, heimatlos, wie sie gegangen war.

Das Leben, das sie so gut aus den Büchern der Mutter kannte, rief und lockte. Sie hatte Balzac und Anatole France, Zola, Peladan, Prévost, Daudet und Maupassant gelesen. Sie war in allen Pariser Quartiers zu Hause. Sie brauchte nur die dunklen Opalaugen zu schließen, um den Lichterglanz der Pariser Salons, den Rampenschein der erleuchteten Bühnen zu schauen. Sie hörte bestrickt Seidenroben knistern und fühlte ahnend, wie es ist, wenn gepflegte nervöse Männerhände über weiches blondes Haar streicheln.

Sie dachte mit geringschätzig zusammengepreßten Lippen an die Männer, die ihr bei den heimischen Festlichkeiten derb die Hände schüttelten. Im Grunde sahen auch die Nobelsten immer aus wie verkleidete armselige Handwerker. Und ihre eigene Kleidung! Wie hatte die Mutter zuerst über diese Unmöglichkeiten gelacht! Und dann getrauert.

Gewiß, gewiß, sie wußte, Kleider und all diese Äußerlichkeiten sind nicht das Leben. Das wußte Helga Helaason so gut wie jeder beseelte Mensch. Aber die Mutter hatte recht! All diese Dinge, die nicht von ihrer Welt waren, sind kleinlich und nichtig nur für den, der sie besitzt. Dem Entbehrenden werden sie in seiner verlangenden Phantasie zu des Lebens wahren Symbolen. Der Triumphschrei der beutereichen Jäger draußen riß sie aus ihren Sinnen. –

Als Helga dann später in der niedrigen Kantine beim Abendschmause neben Sigfus Thorsteinsson saß und über all diese vom Siege erhitzten wagekühnen Seemannsköpfe unter der traulich schwelenden Öllampe hinblickte und diese schlichte, oft treffend sarkastische Sprache hörte, kam eine ehrliche Freude an dieser nordischen Reckenschaft über sie und ein stolzes Gefühl der Zusammengehörigkeit. Sie sah jetzt nicht die rauhen frostzernagten Hände, noch die groben kampfzerwirkten Kittel.

Leise, fast schuldbewußt, huschte sie hinauf in ihre Kabine, nahm die geliebte isländische Laute aus der Umhüllung und eilte zurück zu der Kantine. Kommandor und Mannschaft saßen nach beendetem Mahle jetzt munter schwatzend beisammen. Ein lautes »Heil« empfing Helga Helaason.

Sie setzte sich auf einen Schemel, präludierte kurz und sang mit ihrer kräftigen, wohlgeschulten Altstimme uralte, nordische Heldenlieder, die, seit Tausenden von Jahren von Geschlecht zu Geschlecht vererbt, ehrfürchtig verehrt, in den dunklen Winterstuben Islands gegen die niedrigen Moosdecken hallen.

Die Männer wagten nicht zu atmen und blickten mit strahlenden Augen zu dem jungen Weibe hinüber, das ihnen erschien wie die Leben gewordene heilige Saga.

Dem Harpunier Arni Einarsson wurden die Augen feucht. So herrlich und lieblich zugleich war Helga Helaason ihm nie zuvor erschienen. Er sah nicht die zu stark vorspringenden nordischen Backenknochen und die allzukecke Wikingernase. Er sah, daß sie schön war wie das Nordlicht. Sie hatte die typisch reine hohe Isländerstirn unter dem weichen goldblonden Haare, das sich sanft um die klugen Schläfen schmiegte. Und als sie jetzt keck ein Bein über das andre warf, die Laute fest an die junge pralle Brust preßte und einen wilderregenden ahnenalten Kriegsmarsch auf den Saiten wirbelte, da lohte die patriotische Begeisterung rotglühend auf unter diesen Seehelden.

Sie sahen die nordisch blitzenden Augen des jungen Weibes und sie sahen die wundervoll herbe, rhythmische Bewegung des schönen Armes und das leise taktmäßige Schwingen der hängenden Röcke. Sie wußten nicht, daß diese bestrickende Grazie der Bewegung nicht ihrem geliebten Heimatlande entstammte. Sie sahen nur ihre Helga Helaason, nur die leidenschaftliche Tochter ihres feuerdurchglühten herrlichen vulkanischen Heimatlandes.

Es war spät geworden, fast Mitternacht. Als Helga Helaason die letzten Akkorde ihres Kriegsliedes schlug, fiel ein Sonnenstrahl über ihr Haar. Goldrot glühten ihre Pupillen auf.

»Die Mitternachtssonne!« rief alles durcheinander.

Sie stoben hinaus aufs Deck, das alte, oft geschaute, ewig neue begeisternde Schauspiel zu sehen.

Drüben der Horizont sprühte in gelben und roten Flammen. Das war kein umgrenzter Sonnenball mehr, das war ein Farbenbacchanal in Rot und Gelb. Der Himmel im Zenit war zartblau. Kleine rosa Wölkchen segelten kindlich lieb in dieser Lindheit. Weiche Frühlingsdämmerung lag über der Welt. Von allen Seiten, soweit das Auge nach Norden trug, trieben weiße zackige Eisblöcke, rosa überhaucht, auf dem seltsam teichartig stehenden grauen Meere.

Aber dort zur Rechten, dicht neben ihnen, schwamm in den Strahlen der Flammensonne ein goldenes Wunder. Alles starrte märchenumsponnen hinüber. Dort, keine zweihundert Meter von ihnen entfernt, lag eine schlanke weiße Lustjacht. Man konnte mit bloßem Auge das blinkende Gestänge, die weißen Planken des Verdecks erkennen. Und Menschen standen dort an der goldig glänzenden Reling, Damen und Herren, und riefen und schwenkten Tücher und Schleier.

Die Mannschaft des »Eisvogels« überkam ein jäher Taumel. Sie rissen die Mützen vom Kopfe und wirbelten sie hoch in die Luft und schrien wie Trunkene.

Es war eine spontane Menschheitsverbrüderung in dem Gefühl des Zusammengehörens und Zusammenstehens alles Lebenden hier oben in der erstarrten Einöde des Polarmeeres, gegen die grimme Feindin Natur. Hier schwieg die Volkszugehörigkeit, hier schrie das Blut nach dem strömenden Blute. Man reckte sich hüben und drüben im Rausche der Begeisterung die Hände entgegen. Man wollte sich fassen und umarmen im Freudentaumel des Begegnens, als Kinder dieses Erdballes.

Jetzt schwebte auf der weißen Jacht grüßend der isländische weiße Falke im blauen Felde empor, sich wie zum Symbol verflatternd in die im Winde stehende deutsche Flagge. Oho, Sigfus Thorsteinsson kannte Komment. Wenige Augenblicke später tanzte am Top des »Eisvogels« das schwarz-weiß-rote Banner mit dem schwarz-rot-goldenen Gösch. Ein donnerndes Hurra schallte zu der weißen Jacht hinüber. Und während die beiden Schiffe sacht nebeneinander durch das stille Wasser herglitten, tönte in das Schweigen der Polarnacht aus fünfzig wackeren Islandskehlen huldigend zu der kleinen Jacht das Deutschlandlied hinüber.

Drüben entblößten die Herren die Köpfe, die Damen warfen Kußhände.

Helga Helaason beugte sich bleich über die Reling und starrte zu dem goldumsäumten Schifflein hinüber. Ein Gefühl eisiger Kälte schmiedete sich wie ein Reif um ihr Haupt. Das – das dort – drüben fast greifbar nahe – diese weiße Jacht – das war ja die Verkörperung ihrer Sehnsucht. Dort drüben, auf diesem schlanken feinen Schiffe glitt die Welt dahin, nach der sie so schmerzlich verlangte.

Mit einem Male schien ihr Arni Einarssons Stimme, die mächtig über die Wogen ihr Hurra sandte, häßlich rauh und ungebärdig. Ein schmerzhaftes Gefühl törichter Eifersucht packte sie. Was hatte er mit seiner dröhnenden Stimme hinüber zu brüllen zu ihrer weißen Jacht!

Der schwarze Kasten des »Eisvogels« erschien ihr beschämend schmutzig und würdelos.

Jetzt wandte drüben die Jacht ihren feingebauten Kiel. Ein buntes Flaggensignal stieg flatternd empor: »Glückliche Fahrt!« Noch ein Hurra hüben und drüben – ein Schwenken und Winken – dann verglitt die weiße Jacht goldzerfließend hinein in den flammenden Horizont.

Lange stand Helga Helaason an der Reling und starrte in die Gluten, bis schwarze Punkte vor ihren Augen tanzten. Sie sah nicht, wie die Sonne wieder stieg, wie der wunderhelle Tag aus dem Wasser tauchte. Die Farbenorgie drüben zog sich zu einer roten Feuersäule zusammen, die vom Meere hoch aufwuchs in den Himmel hinein. Sie sah nicht, wie die Eisblöcke sich zu weiten rotblühenden Feldern zusammenschlossen. Sie stand und starrte mit weiten hungrigen Augen der entschwindenden, schwimmenden Verkörperung ihrer Sehnsucht nach.

4

Die von der Mitternachtsonne umglühte weiße Jacht wurde für Helga Helaason das Symbol ihrer Sehnsucht nach der Welt.

Die vielen Wochen hindurch, die der »Eisvogel« noch an den Küsten Spitzbergens und Grönlands kreuzte, träumte sie in allen stillen Stunden von dem geheimnisvollen Zauber der Prunkjacht. So oft in der Ferne am Horizont etwas weiß aufglänzte, beugte sie den Körper weit vor über das Eisengeländer, starrte hinaus in das graue Polarmeer, und das Herz pochte schmerzhaft gegen die harte Stange.

Doch immer wieder waren es nur treibende öde Eisberge, die sie narrten. Ach, sie wußte es ja auch im Grunde: die weiße Jacht hatte ihre frohen Festtagsfahrer längst zu gastlichen Küsten des Südens getragen. –

Durch alle ihre Tagesträume glitt die weiße Jacht, nachdem Helga Helaason im Herbst in ihr Heimatdorf Hlidarendi zurückgekehrt war. Still und gefügig ging sie ihrem Tagewerk nach, führte in den Morgenstunden die Wirtschaft, gebot den Mägden und hielt Ordnung in dem weitläufigen Hausstande des Bezirkshauptmannes. Und an Gerichtstagen, wenn die Bauern der ganzen Gegend auf ihren struppigen, kleinen Pferdchen herzuritten, waltete sie mit kaltblütiger Ruhe und Umsicht, all diesen Männern und hungrigen Ponys bei bösem Wetter Unterkunft zu bieten.

Doch in ruhigen Zeiten gehörten die Nachmittage ihr.

Da las sie die Bücher der Mutter. Oder wenn die alte stürmende Unruhe sie davontrieb, gebot sie dem Knechte, Gràni zu satteln. Dann flog sie auf dem kleinen, ruppighaarigen Schimmel hinaus die einsamen Wege.

Dicht vor dem Ort erstreckte sich eine weite gelbe Sandfläche. Unhörbar berührten die Hufe des Ponyhengstes den weichen rieselnden Boden. Wenn ihr Gemüt sehr sehnsüchtig summte, ging es wild über die Wüste hin, der einsamen Insel im Sandmeere zu. An dem sacht anschwellenden grünen Rasenfleck sprang sie aus dem

Sattel, warf dem Tiere die Zügel über den schlanken Hals und setzte sich nieder in das dürre Gras.

Und dann feierte Auge und Herz liebevolle Heimatsandacht.

Dicht vor ihr erhob der Eyjafjallagletscher seinen stumpfen Kegel über die schroffe Felswand, von der brausend der stürmende Wasserfall des Selgalandsfoß herniederwetterte.

Etwas nördlicher lohten die Zacken des Tindafjallagletschers in der untergehenden Sonne. Und weit in der Ferne glänzte mit seinem blanken schwarzen frostzerfressenen Achatfelsen groß und einsam der Gipfel des Hekla.

Die Sonne sank hinter den Höhen, jäh ward die Welt dunkel. Die Ebene ringsum dehnte sich weit nach allen Seiten hinaus, ohne Grenze, ohne Ende. Von den Bergen hernieder stieg die Nacht wie eine Riesin und schritt mit weitgespanntem Gewande über die Sandwüste hin. Ein zarter blauer Hauch stäubte dicht über dem Erdboden auf unter ihrem schleppenden Saume.

Helga kauerte am Boden mit hochgereckten Knien, blickte in die Runde, die lebend ward von Grauen, und fühlte die Schauer der Einsamkeit über ihrem Haupte. Gràni stand als ein violetter Schatten und hob nüsternd die kluge Nase. Ein knisternder Wind rann über die sandige Fläche.

In dieser ahnungsvollen Verlassenheit erhob sich Helga Helaasons törichte Sehnsucht nach der Ferne, die weit, unnennbar weit, hinter dem dunklen Gehege der Berge lag, so verzweifelt und ungebärdig, daß sie den seelischen Schmerz durch körperliches Weh betäuben mußte. Sie verrankte die Finger, daß sie in den Gelenken knackten, sie biß die Zähne auf die Lippen, daß helle rote Blutstropfen an dem Kinn herabsickerten.

Dann wieherte Gràni ängstlich auf und schüttelte durchschauert das zottige Fell. Das riß sie empor. Sie schwang sich in den Sattel und stob lautlos durch die einbrechende Nacht. Erst an den vorgeschobenen Häusern des Dorfes hemmte Gràni den furchtgehetzten Galopp.

Die niedrigen Hütten standen klein und bedrückt in der Dunkelheit. Von den moosgedeckten Dächern stieg ein bläulich-grauer feiner Dunst. Da sprang Helga Helaason aus dem Sattel und überließ dem Hengst den Weg zum warmen Stalle.

Sie trat in die Tür der letzten Hütte, ihre Freundin Sigrid Einarsson zu besuchen. Als sie die Stubentür öffnete, gewahrte sie, daß sie zu früh gekommen war. Das ganze Haus lag noch im Dämmerungsschlummer. In der niedrigen allgemeinen Wohnstube, der »Badestube«, lagen die Knechte und Mägde in den Betten, die Männer an der Wand rechts, die Weiber zur Linken. Laut schnarchend ging ihr Atem. Eine dicke träge Luft stand unter der tiefhängenden Decke.

Von dem Knarren der Tür aufgescheucht, kam jetzt aus ihrem Holzverschlage am unteren Ende der Stube die Hausfrau hervor.

Sie hatte einen sehr leisen Schlaf, seit der Bauer Magnus Einarsson gestorben war.

»Wer ist da?« fragte sie ins Dunkel hinein.

»Helga Helaason.«

Da trat die Frau an eines der Betten zur Linken und weckte die Magd.

»Steh auf,« gebot sie, »und mach Licht.«

Helga hörte ein Recken und Gähnen, ein Krachen des Bettes, ein letztes faules Wälzen, und endlich erhob sich die Magd, patschte mit nackten Füßen in die anstoßende Küche und kam mit einem flackernden Spane zurück. Bald brannte die Petroleumlampe unter der Decke mit runder surrender Flamme und erhellte matt die längliche Stube.

Jetzt kam Frau Einarsson, gab Helga die Hand, ging dann zu jedem Schläfer und rüttelte ihn wach. Ein drolliges Auftauchen zum Leben erschütterte jedes Lager.

Nach wenigen Minuten saß jeder auf seinem Bettrande. Tische und Stühle fehlten. Der Bettrand ist im Binnenlande des Isländers Sitz.

Bald war alles in Tätigkeit. Die Mägde spannen und webten, die Knechte arbeiteten an Roßhaarflechtereien oder besserten schadhaft gewordenes Feldgerät aus.

Helga Helaason saß neben Sigrid Einarsson, einem hochgewachsenen drallen Mädel, und plauderte. Sigga erzählte von ihrem großen Bruder Arni, der den »Eisvogel« nun auch verlassen hatte und im Süden auf Fischfang gesegelt war. Und Helga mußte noch einmal ausführlich berichten, wie Arni an der Jan Mayen-Insel diesem Ungetüm von Grönwal die Harpune mitten hinein in das Blasloch geschleudert hatte.

Alle lauschten mit verhaltenem Atem der oft gehörten Heldenmär und nickten bedeutungsvoll mit den Köpfen und lobten noch einmal die verwegene Tat ihres jungen Herrensohnes Arni.

Dann bat die kleine schwarze Magd Gudrun den rothaarigen Knecht Sveinbjörnsson um eine seiner wunderschönen Sagen.

Sveinbjörnsson tat, als höre er nicht. Er war sich seines Künstlertums und dessen begründeter Ansprüche bewußt. Verwöhnt war er wie ein Virtuos der Kulturwelt. Dreimal wollte er gebeten sein. Das war eine Art Hausgesetz.

Als Helga selbst die dritte Bitte an ihn richtete, erhob er sich schwerfällig und gewichtig von seiner Flechtarbeit, ging in die Kammer der Frau und kam mit einem dicken, arg zerlesenen geschriebenen Folianten zurück. Er ließ sich wieder auf den Bettrand nieder, blätterte her, blätterte hin, nickte, probte leise dies, probte halblaut jenes, hob das Buch dem kärglichen Lichte der Lampe entgegen und begann endlich mit starker wohlgeschulter Stimme die alte Saga von Olaf Lillenrose:

»Olaf ritt an der Felsenwand,
Er hatte den Weg verloren.
Sein Pferd jetzt plötzlich stille stand,
Wohl an den Elfentoren.
Beherzt trat Herre Olaf ein –
Da lohte roter Flammenschein,
Die Luft ging sanft und linde,
Sanft wehten vom Felsen die Winde.«

So las er.

Und die Rocken surrten und die Nadeln flogen hellauf blinkend im gelben Lampenlicht und die Garne spulten sich hurtig ab wie die Verse des Liedes.

Die Herbstnacht stand hoch und kühl mit tausend weißen Sternen über dem Dorfe, als Helga Helaason mit Wangen, die erhitzt waren vom Zauber der Sage, und einem quälenden Zweifel im Herzen in die hell erleuchtete Stube der Bezirkshauptmannswohnung trat. Der Vater blickte flüchtig von seinen Akten auf und nickte ihr freundlich zu. –

So verging der Herbst und der Winter kam, dieser laue isländische Winter der Küstengegend, von dem sie sich draußen in der Welt solch phantastische Begriffe machen. Mild ist er mit viel wärmendem Schnee und seltenem Froste.

Helga Helaasons Stunden tropften still und stetig hernieder aus ihrer saftvoll überströmenden Lebensschale.

Eines Tages, um Weihnachten war es, traf sie im Hause der Freundin Arni Einarsson. Sie begrüßten sich herzhaft als alte See- und Kampfgenossen.

Arni erzählte, daß er nicht mehr auf den »Eisvogel« zurückkehre. Er habe nun genug gespart. Und zum Frühling, da werde er mit zwei Freunden einen Walfänger chartern, solch kleinen richtigen isländischen Waldampfer, und auf eigene Rechnung für eine norwegische Transiederei hinausgehen.

Helga wünschte ihm in aufrichtiger Mitfreude Glück und Heil zu seinem Unterfangen.

Doch als sie sich einige Tage später auf der regenfeuchten Dorfstraße trafen und Arni sie ein Stück geleitete und stammelte, daß er glaube, nun eine Frau ernähren zu können, und als er sie hierbei mit seinen guten blauen Augen, die ganz feucht geworden waren, flehend anblickte, da – ja, da wurden Helgas Brauen so spitzbogensteil, wie er es an ihren Kinderaugen oft gesehen hatte, wenn die Buben sie neckten und ärgerten. Und bald darauf gab sie ihm kurz die Hand und ging ins Haus.

Arni aber patschte in seinen isländischen Fußlappen schwerfällig durch die Nässe zur Hütte seiner Mutter, packte sein Ränzel und verschwand.

Ihm war plötzlich beigekommen, daß er in Vik beim Fischfang lohnende Beschäftigung als Bootsführer finden könne. – Endlich kam der Lichtbringer Frühling. Der Tag wurde wieder zum Tage, die Helle klomm herab von den tief verschneiten Bergen zu den Niederungen.

Und eine Einladung von Asta Amundsdatter traf ein im Hause des Bezirkshauptmanns von Hlidarendi. Helga solle kommen, die Freuden des Frühlings und der Hauptstadt genießen.

Wenige Tage später war sie auf dem Wege nach Reykjavik.

Es war eine weite tagelange Reise, die sie zu dieser frühen Jahreszeit, in der die Post nicht verkehrte, auf ihrem kleinen festen Gràni unternahm. Aber sie kannte den Weg, den sie als Schulmädchen so oft zur Zeit der Ferien geritten war.

Nachts kehrte sie in den Höfen an der Landstraße ein, gastfrei empfangen. Sie trabte die steinigen Pfade über die einsamen Lavafelder und die endlosen Heiden. Und dachte an Reykjavik und das Meer. Und sie ahnte es als still beglückende Gewißheit, daß sie in der Hauptstadt ihr Schicksal finden würde.

Gelassen ertrug sie zwei stürmische Regentage, wurde bis auf die Haut naß und trocknete wieder im Frühlingswinde, ritt und ritt Tag um Tag nach geduldiger Isländerart, streifte vorbei an drohend grotesken Bergmassen, durchquerte furchtlos schaurige Einöden, trieb Gràni verwegen durch die Furten brausender, vom Lenze geschwellter Flüsse. Selten begegnete ihr einer. Nur ab und zu tauchte ein einsamer Reiter am Horizonte auf, riesenhaft in der dünnen Luft vergrößert, plastisch in den bleichen Himmel hineinragend. Beim Begegnen dann ein karger Gruß und wieder lange Stunden leblosester Einsamkeit.

Am achten Tage lag die aufgehende Sonne auf dem blauen Meere.

Mit der Morgendämmerung war Helga von ihrer letzten Nachtrast, wenige Stunden vor Reykjavik, aufgebrochen, um mit dem

Tage am Ziele ihrer Reise einzutreffen. Über eine Halde ging's. Mit weiser Vorsicht suchte Gràni seinen Pfad zwischen versprengten Lavablöcken. Da gewahrte Helga auf der Landstraße, der sie zustrebte, zwei Reiterinnen ihr entgegensprengen.

Jetzt gab es ein Rufen und fröhliches Winken und Anfeuern der Tiere. Bald war die kleine Thyri Thorarinsson der Begleiterin weit voraus. Rittlings wie ein Bub saß sie auf ihrem Pferdchen und arbeitete mit Armen und Schenkeln katzbucklig wie ein Jockei. Ruhig und gemessen folgte in rhythmisch wiegendem Galopp die große, nordisch schöne Asta Asmundsdatter.

Dann waren sie aneinander. Sie drängten die Tiere zusammen, daß ihnen die Schenkel zwischen den Gurten schmerzend zusammengepreßt wurden, und küßten sich auf ihre morgenfrischen jungen Wangen und schüttelten sich die kräftigen kleinen Isländerhände. Und auch die Pferde steckten die Köpfe zusammen und rieben sich die feuchten rosa Nasen. Und Erinnerungen an alte junge tolle Streifereien und kecke Streiche tauchten auf unter den langen struppigen Mähnen.

Dann ging es in langsamem Schritt auf Reykjavik zu.

Man bestaunte gegenseitig, wie groß und rank und jungfräulich man in diesen Jahren erblüht war, die man sich nicht gesehen hatte.

»Wahrhaftig,« rief die kleine braune Thyri, »du bist noch schöner geworden, Helga. Und noch – ja – wie soll man es sagen? Isländischer und zugleich fremder.«

»Ja,« lachte Helga, »mit zwanzig bekommt man allmählich Fasson. Aber euch hat das Ausland auch geformt, Kinder. Ach, von euren Reisen müßt ihr mir erzählen. Alles, alles! Wie war es in London und Cambridge? Eine Trollenfahrt muß es für dich gewesen sein, Asta.«

»London ist sehr groß und interessant,« nickte die schöne Hellblonde.

»Oh,« verzweifelte Helga, »du bist noch immer so nordisch schwerfällig, Asta. Groß und interessant! Ist das deine ganze Begeisterung!«

Sie ritten jetzt in die erste Straße von Reykjavik ein, in diese isländische Hauptstadt, die dem Fremden ein verwahrlostes Fischerdorf scheint mit seinen kleinen wellblechbewehrten Holzhäusern, über die wildzackige Berge herüberragen, seinen nassen steinbelegten Gassen, seinem aufdringlichen üblen Fischgeruche.

Nun kamen sie zur Posthusstraeti und gewannen den Blick auf den Hafen.

Das Klappern der Pferdehufe auf den Steinfliesen hatte das Gespräch zerrissen. Jetzt flüsterte Helga, und ihre Augen waren naß von Erinnerung und Zukunftshoffen:»Mein liebes armes altes Reykja! Wie ist es armselig und doch –«

Sie brach jäh ab und starrte auf die Reede hinaus.

Die Freundinnen blickten sie an.

»Was ist?« fragte Thyri Thorarinsson.

»Da – da!« stieß sie hervor und hob nachtwandlerisch schwer den deutenden Arm.

Helga Helaason fühlte eine Kühle über den Augen, die zur Stirn aufstieg und sich, in das Hirn einfrierend, unter die Haare verkroch. Sie erstarrte in dem Grauen des Menschen, der einen Hauch von der Welt jenseits irdischen Begreifens seinen Verstand umgeistern fühlt. Draußen im Meer stand ihr lang erahntes Schicksal, erschütternd durch die gespenstische Selbstverständlichkeit, in der es ihrer harrte.

»Was hat sie nur?« rief Thyri.»Ist es das Schiff dort draußen?«

»Das ist – das ist,« – ächzte Helga. Ihre Zunge war vor Glück und Schreck gelähmt.

»Ja doch,« spöttelte die Kleine,»das ist – das ist – eine Jacht ist das, du armer Binnenlandvogel.«

»Das ist – die – weiße Jacht,« flüsterte Helga. Ein wenig Aberglaube steckt im aufgeklärtesten Isländer.

Die beiden Mädchen lachten hell auf. Ihre Stimme klang zu geheimnisvoll versagend.

»Traummädel,« sagte Asta zart, »hast du nie im Hafen von Reykja eine weiße Jacht gesehen?«

Da raffte Helga ihre verängstigt flatternden Sinne zusammen: »Die Jacht dort –« sie blickten mit weiten ungläubigen Augen hinaus – »ich erkenne sie genau an dem feinen Bug und der deutschen Flagge – voriges Jahr im Eismeer – ist sie uns begegnet.«

»Du sagst das,« lächelte Asta, »als wäre sie euch damals als der fliegende Holländer erschienen.«

Thyri aber erhob erkenntnisreich den Zeigefinger.

»Asta!« rief sie, »nun wird mir manches klar, was früher mir verborgen war. Siehst du, Asta, nun ist uns dies kleine Binnenlandsmädel schon zuvorgekommen. Natürlich war es der Elegante. Vorhin, als wir ausritten, landeten sie gerade mit ihrem Boote. Und als sie vorbei kamen, da – Asta muß sie wohl irgendwie angesehen haben –«

»Na, na, Thyri! *Du* hast ihnen Augen gemacht. ›Solche‹!« Sie mimte es drollig.

»Nun wollen wir nach Hause,« sagte Helga still und wandte Grànis Kopf zur Vonarstraeti. »Ich möchte gern mein Bad haben und frische Wäsche.«

Im Trab ging es zu Asta Asmundsdatters Heim in der Laekjargata.

5

Eine törichte summende Helligkeit und Freude war in Helga Helaason, während sie ihren von der Reise strapazierten Körper im Bade erfrischte. In dem großen Holzbottich, den man ihr in Astas freundliches Zimmer gestellt hatte, ließ sie die Wärme des Wassers wohlig über ihre Haut rieseln, die der Regen und der Wind arg mitgenommen hatte, und lächelte glücklich vor sich hin.

Draußen auf der Reede lag ja »ihre« weiße Jacht.

Nein, das war kein Zufall. Das konnte kein Zufall sein! Schicksal war es, das sie, die junge weltbange Helga Helaason, und das schmucke Schiff hier zusammengeführt hatte. Das wußte sie.

Sie lächelte nachsichtig vor sich hin und dehnte die Glieder kraftbewußt in der molligen Wärme. Sie belächelte sich selbst, mild und gewährend. Denn die kluge junge Helga Helaason war im Grunde viel zu vernünftig und wußte viel zu gut, daß all ihr Wähnen von der Verkettung des Zufalls und des Schicksals nur törichte Einbildung war.

Aber es war doch hold und ergötzlich, von einer gütigen Fügung des Geschickes zu phantasieren. Ja, das war hold und gut.

Sie nahm ihr bestes Kleid aus der Manteltasche, die während der Reise auf Grànis Kruppe auf und nieder gehüpft war. Dieses arme gute Kleid aus hartem dunklen Stoff, das wie ein Sack um ihren Körper hing. Doch die weiße Halskrause schmiegte sich zärtlich an ihren stolzen Nacken, und prangend hob das lila Band das satte Blond der Haare.

Als Asta ins Zimmer trat, stand Helga vor dem Spiegel und befestigte das schwarze Käppi fesch auf dem Scheitel. Es kleidete sie gut, dieses handtellerrunde isländische Frauenmützchen, mit seiner langen Seidenschnur, die sie kokett hinter das Ohr zurückstrich, mit seiner hülsenförmigen Schnalle und der breiten, bauschigen Quaste, die vorn auf die Brust herniederfiel. Sie war sehr stolz auf ihr hübsches Käppi. Seine Schnalle war ein kostbares Erbstück der Helassons von Hlidarendi: ein langgestreckter goldener Ring mit eingegrabenen Runen.

»Thyri hat recht, du bist sehr hübsch geworden,« staunte Asta Asmundsdatter.

»Unsinn,« lachte Helga und warf einen letzten befriedigten Blick in den Spiegel. –

Bald nach dem Frühstück drängte sie zum Aufbruch. Sie wollte »Weltstadt schlemmen«.

»Bist du nicht müde von der Reise, Helga?« bedachte Frau Asmundsdatter. Sie war welk und pergamenthäutig wie alle isländischen Frauen von vierzig.

Doch Thyri Thorarinsson rief:»Was ist solche Reise für eine, die wochenlang hinter dem Wale her war! Auf, auf zur Fremdenhatz!«

Frau Asmundsdatter lächelte mild. Man ist dort oben nicht gerade prüde, weiß Gott nicht. Und man gönnt den jungen Mädchen in der Einsamkeit des Islandlebens gern eine Abwechslung und vertraut ihrem Stolze und der Redlichkeit des Mannes.

Sie gingen mit verrankten Armen durch die Gassen, wie in alten Schultagen. An dem murmelnden Bache mit seinen hübschen kleinen Holzbrücken, der durch die Laekjargata fließt, schlenderten sie dahin und kamen zu dem seichten viereckigen See, der sich inmitten dieser sonderbaren Stadt zwischen die Häuser eindrängt.

Da streckte Thyri den Arm aus und zeigte gassenbubenhaft auf die drei Männer, die jenseits an der Seeseite standen.

»Nicht doch!« bat Asta.

»Da spinnt das Wild,« rief Thyri.

Helga Helaason blickte hinüber. Wie die Orgelpfeifen standen sie nebeneinander gereiht: ein ganz langer Dürrer, ein großer Schlanker und ein rundlicher Dicker.

»Sie langweilen sich, wie alle Fremden,« sagte Helga.

»Wir sind ihnen angenehm aufgefallen,« meinte Thyri, als sich das Kleeblatt drüben rasch in Gang setzte und auf sie zubewegte.

»Wir wollen gehen,« drängte Asta.

»Ihnen entgegen?« fragte Thyri, arglos tuend.

44

»Abwarten,« entschied Helga.»Fortlaufen wäre ungastlich. Vielleicht wünschen sie eine Auskunft. Entgegen zu gehen, wäre zu entgegenkommend.«

Die jungen Damen bildeten einen lachenden Kreis und taten nach außen angeregteste Unterhaltung kund. Thyri, die mit dem Gesicht den Kommenden zugewendet war, gab genaue Auskunft über die Bewegung des Feindes.

»Der rundliche Dicke ist sehr drollig,« flüsterte sie,»er trippelt wie eine lüsterne Elster. Der übergroße Dürre scheint ein Skalde. An der Länge der Mähne gemessen, ein gewaltiger. Auf dem Dicken wackelt ein Mimenkopf.«

»Wie ist der in der Mitte?« erkundigte sich Helga.

Sie hatte in der heiteren Laune des Augenblicks ihre Träume von der weißen Jacht fast vergessen. Ihr Sinn stand auf einen fröhlichen Jungmädelstreich, wie sie ihn hier in diesen Gassen mitsammen früher oft vollführt hatten.

»Sehr hübsch und weltstädtisch. – Etwas für dich, Helga,« berichtete Thyri.»Ein echter Europäer. Der lange Haarige sieht verträumt drein. Den kriegt Asta. Ich nehme den Mimen.«

»Sei doch still,« flehte Asta.»Sie verstehen ja jedes Wort.«

»Glaubst du, die haben Isländisch gelernt, um uns zu belauschen?« lachte Helga, froh erregt über das nahende kleine Abenteuer.

Jetzt waren die Fremden bei ihnen angelangt. Der kleine Rundliche trat ohne weiteres auf sie zu, lüftete die Reisemütze von einer spiegelnden Glatze und fragte mit fettiger Tenorstimme:»Sagen Sie, verehrte schöne Eingeborene, was treibt der Fremde an diesen lieblich duftenden Gestaden?«

Und Thyri erwiderte in ihrem saubersten Deutsch, das sie nicht umsonst in Berlin chemisch gereinigt hatte:»Die Hauptbeschäftigung der Fremden besteht hierzulande im schleunigen – Entweichen.«

Alle lachten.

Da fragte Helga:»Waren die Herren schon im Museum?«

»Von dort kommen wir,« mischte sich hier der Mittlere ein. »Sehr schönen alten Schmuck haben wir dort gesehen. Aber der wahre Schmuck dieser Insel, den wir erst jetzt sehen, ist ebenso schön und erfreulich jünger.«

Er verbeugte sich huldigend gegen Helga.

»Wir freuen uns,« entgegnete Helga schlagfertig, »daß Sie die Schätze unsrer Insel zu würdigen wissen.«

»Ob wir würdigen!« schmunzelte der Dicke und leckte sich die feisten Genießerlippen, »zumal wenn wir hoffen dürfen, daß solch kostbare Schätze des Landes womöglich für uns – – Schätze werden.«

»Laß deine dummen Witze,« wehrte hier der Lange und starrte anbetend auf Astas strenge nordische Schönheit.

»Waren Sie schon in der Kathedrale?« fragte Helga.

»Nein,« gestand der Mittlere.

»Es ist ein schönes Taufbecken unsres großen Landsmannes Thorwaldsen darin.«

»Thorwaldsen? – Hinwalzen,« entschied der Tenor.

»Wollen Sie uns führen?« bat artig der »Weltmännische«.

»Gern,« willigte Helga mit isländischer Gastfreundlichkeit ein.

Als sie aus dieser kleinen kahlen Kirche heraustraten, sagte Helga: »Wenn Sie das wahre Island sehen wollen, müssen Sie ins Land hinein. Dort –« sie zeigte nach den blauen Bergen – »liegt unser Island mit seinem Schweigen und seiner Öde. Mieten Sie Ponys und reiten Sie einige Stunden in die Lavamassen hinaus.«

»Ei weh, reiten!« entsetzte sich der Dicke.

»Prachtvoll,« rief der Mittlere.

»Hinein in die Einsamkeit!« bat der Lange.

»Sie haben uns in dieses Heiligtum des Wortes geführt,« lächelte der Weltstädtische, »würden Sie uns auch in das Heiligtum des Schweigens Führer sein?«

In Astas stahlblauen Augen stand ein »Nein«. Thyri aber fällte kurz und bündig die Entscheidung. »Schön,« lachte sie, »bringen wir sie auf den Trab.«

»Donnerwetter, sprechen Sie ein Deutsch!« staunte der Kleine. »Das können Sie nur in Berlin gelernt haben.«

»Sache,« gab sie prompt zur Antwort.

Und dann wurde Kriegsrat gehalten. Der Hübsche wollte auf die Jacht zurück, sein Reitdreß anzulegen. Der Tenor meinte zwar, ein Reitdreß in Verbindung mit diesen ruppigen Kleppern sei eine lächerliche Zusammenstellung. Doch der junge Mann beachtete die Einwendung nicht. Er blickte verächtlich über den Dicken fort. Der Mähnhaarige aber sagte: »Ich bleibe hier. Ich möchte noch einmal allein durch die Straßen gehen.«

»Gut,« entschied der Mittlere, »geh du deinen Gedanken nach. Also, meine Damen, in einer halben Stunde am Hafen. Ah, Sie kommen noch bis zur Brücke mit? Desto besser. Aber gestatten Sie, daß ich mich endlich vorstelle: Karl Foehre aus Berlin. Und das sind meine Freunde: Wilhelm Schlegel, genannt der dicke Wilhelm, und Harri Caro, genannt Haaro.«

Die Mädchen nannten als Gegengabe ihre Namen.

An dem Landungssteg lag ein weißes Boot. Der Dicke wälzte sich vorsichtig und schwerfällig hinein. Foehre sprang gewandt hinab. Und während die Matrosen anzogen, hob er halb ehrerbietig, halb zutraulich noch einmal grüßend die blaue Mütze.

»Schick ist er,« gestand Thyri.

Die liebe törichte Helga mit der Wandervogelseele aber dachte: »Wie fein und anders als unsre jungen Männer sieht er aus!« und winkte sehr freundlich hinüber –

Dann ging sie zum Konsul Thomsen, vier Ponys zu mieten. Gràni bedurfte heute der wohlverdienten Ruhe. Die Freundinnen eilten heim, ihre Pferdchen zu satteln.

Haaro wanderte allein durch die Gassen. Er liebte die Einsamkeit. Denn er war ein Dichter. Kein bekannter, nein. Seine Gedichtsammlung: »Blaue Stunden« waren nicht eben durchgedrungen. Das konnte man wohl nicht behaupten. Aber er meinte es mit seinen

Reimen herzlich gut und ehrlich mit seinen in ihr Gehege eingekerkerten Gefühlen.

Er ging durch die geraden Straßen Reykjaviks und lauschte auf das Klappern der Pferdehufe auf dem Steinpflaster, das diese Stadt an allen Enden durch tönt, und das leise Rinnen der Brunnen. Er sah diese kleinen Häuser mit ihren Balkons und Gärten und den Lavablöcken auf dem kümmerlichen reudigen Rasen. Und er schüttelte die Mähne und wunderte sich in seinem Dichtersinn baß ob dieser »Hauptstadt«. –

Helga Helaason hatte bald vier hübsche kräftige Tiere gefunden. Sie setzte sich auf die Treppe vor Konsul Thomsens Magazin und wartete.

Und da erst ward ihr plötzlich bewußt, daß es ja doch die Bewohner »ihrer« weißen Jacht waren, derer sie hier harrte. Und plötzlich spannte eine grelle Enttäuschung ihre Brust. Diese drei Männer standen ihren phantastischen Träumen so fern! So fern! Der kleine Dicke war ja gewiß sehr drollig. Gewiß. Aber geistreicheln konnten die Isländer auch, redlich sogar. Der Langhaarige hatte schöne Träumeraugen. Doch solche gab es in der Heimat die Fülle.

Freilich der Dritte! Der hatte in seiner Liebenswürdigkeit, in seiner brünetten Schönheit, in der Art des Sprechens und Lachens, in seiner Kleidung etwas, das ihr hier zu Lande noch nicht begegnet war. Und solch feiner zierlicher Kulturkopf saß auf keines Isländers Schultern.

Doch da war etwas in seinem Gesicht – ein Zug um den bartlosen Mund, der ihr nicht gefiel.

Sie hatte sich niemals ein klares scharfumrissenes Bild von den Menschen ihrer Jacht geformt. Und doch schien ihr jetzt, daß sie anders – sie wußte selbst nicht recht, in wiefern anders – aber sie hätten fremder sein müssen, schien ihr, umwittert von einem atembeklemmenden Hauch einer andern Welt, nicht drollig und nett und galant und hübsch. Und dann waren doch damals viel mehr Menschen an Bord gewesen– und auch Frauen – viele Frauen. –

Hier wurde Helga Helaason aus ihrem grüblerischen Bedenken aufgeschreckt.

»Helga Helaason – du?« rief jubelnd eine verdutzte Männerstimme.

Sie fuhr empor und sah dem Harpunier Arni Einarsson ins wetterzerwirkte Seemannsgesicht. Da stand er plump und perplex mit zwei Kameraden.

»Guten Tag, Arni,« erwiderte sie gelassen.

Arnis Gesicht war noch krebsroter als ehedem. Er dachte an ihr letztes Begegnen in Hlidarendi und rang mit seinem Stolze und seiner Verlegenheit.

»Wie kommst du nach Reykjavik, Helga?« stammelte er.

»Ich bin hier zu Besuch bei Asta Asmundsdatter.«

»Bist du schon lange hier?«

»Seit heute morgen.«

Dann war eine Pause.

Arni blickte zu Boden, blickte die Straße hinauf, blickte die Straße hinab, und da er trotz alles Suchens nichts Redenswertes mehr fand, sagte er endlich: »Das hier sind meine Freunde: Jon Jonsson und Bjami Thorlaksson. Übermorgen gehen wir hinaus.«

Die beiden Seeleute verbeugten sich schwerfällig und bieder.

Da sah Helga plötzlich den jungen Gebieter der weißen Jacht vor sich, wie er bei der Abfahrt des Bootes ihr zugegrüßt hatte. Sie nickte den beiden Männern herablassend zu und sah nach der Landungsbrücke.

Jetzt kam der Mut über Arni. »Wir haben nun unsern Walfänger gechartert, wir drei,« belehrte er. »Dort draußen liegt er. Wenn du aufstehen wolltest, Helga Helaason, könntest du ihn sehen. Siehst du, dort, dicht neben der Jacht.«

Helga blickte hinaus auf das Meer und sah das weiße Boot der Jacht auf die Landungsbrücke zustreben.

»Ist er nicht schön?« fragte Arni in kindlichem Stolze.

»Sehr schön,« bestätigte Helga und blickte flüchtig hinüber zu dem kleinen schwarzen Dampfschiff. Mein Gott, sah das schmutzig und schäbig aus neben dem schlanken schimmernden Fahrzeuge!

»Sehr hübsch, Arni. Und nun wünsche ich dir recht viel Erfolg da draußen. Und euch auch.«

Seelenlos bot sie allen drei die Hand und eilte der Landungsbrücke zu. Denn dort stand nun Herr Foehre und hielt mitsamt dem Dicken Umschau.

Als der junge Herr ihr seinen silberbeschlagenen kleinen Reitstock lustig entgegenschwang, dachte sie: »Vornehm sieht er aus in seinem Reitanzuge. Anders als der gute brave tölpische Arni Einarsson.«

Dann trafen die andern ein. Bald trabte die kleine Kavalkade davon, den »Warmen Quellen« zu. Inmitten der Straße standen die drei Seeleute.

»Heda – Männekins,« rief der Tenor, »Islands Schönheit und Deutschlands Kunst eine Gasse!«

Fast hätte er Arni Einarsson umgeritten.

»Sie Idiot,« fluchte er in seiner Angst, »haben Sie keinen Respekt vor dem Willen eines Ponys?«

Er saß zum erstenmal im Sattel und empfand es arg ungemütlich.

Arni Einarsson blickte dem Reitertrosse nach, bis er im Blau der Landstraße entschwunden war. Geduldig warteten die Freunde. Endlich nahm ihn der alte Jon Jonsson sacht am Arme und sagte: »Komm, Arni. Laß sie mit den Fremden reiten. Es ist wie mit dem Wale. Gerade wenn man sich ganz besonders auf einen verspitzt, fängt man ihn nie. Aber es gibt andere.« –

Zuerst ritten sie nebeneinander auf der breiten Chaussee dahin, und eine ausgelassene Stimmung hielt mit ihnen Schritt. Der »dicke Wilhelm« war ihr Schöpfer. Er saß mit hochgezogenen Pilasterbeinchen auf seinem munteren Tiere, blickte gewaltig um sich und hatte eine gottsjämmerliche Angst, die er mit bleichem Galgenhumors zu übertünchen suchte.

In Todesverachtung bot er seinen rundlichsten Körperteil den erschütternden Stößen des kurzen Trabes dar und prallte wie ein wohlgefüllter Gummiball immer wieder empor von dem harten Sattel.

Der lange Karo berührte mit seinen Stangenbeinen fast den Boden, sein Oberkörper ging steif und starr über dem kleinen Pferderücken auf und nieder, wie der Kolben einer Maschine.

Foehre saß nonchalant im Sattel. Seine firme Haltung verriet die tägliche Übung.

»Sehen Sie nur,« rief der Sänger, »wie die Bestie mich anschielt. Ich bin überzeugt, der Geist eines meiner Berliner Kritiker ist in sie gefahren. – Heda, langsam – langsam, Ponychen!«

Er zerrte wild am Zügel, daß das Tier unruhig zu tänzeln begann.

»He – Sie – Fräulein Thyri, sprechen Sie dem Biest in seiner Landessprache zu – hallo – langsam – Tierchen! – Donnerwetter! – Meine Damen, gebrauchen Sie die Landesidiome! – Sachte, Pferdchen! Verdammt unkultivierte Tiere! – Donnerwetter – ich falle ja 'runter! – Stopp. – Abstoppen! – Wo bleibt die vielgerühmte isländische Bildung, wenn die Pferde nicht mal Deutsch verstehen? – Brrr – Ponychen – brrr!!«

Und da hatte er mit seinen zappeligen Fersen dem Tier eins derb in die Weichen geschlagen.

Es schüttelte die struppige Mähne, warf den gedrungenen Kopf schräg auf – und fort gings in gestrecktem Galopp. Die andern Pferde fielen sofort mit ein. Dahin stürmte alles in schnaubender Karriere.

»Hilfe – Hilfe!« brüllte der Sänger und umklammerte den Hals des Pferdes. »Das Vieh ist wie sein Vaterland vulkanischen Ursprungs – es bricht aus. – Hilfe! – Halten Sie doch das Satanspferd an! – Dazu hat meine arme Mutter mich nicht unter Schmerzen geboren, daß ich auf Island mein Leben vergaloppiere! – Foehre, halte an – so geht es nicht weiter. – Ich schwöre dir – so geht es nicht weiter!«

Trotz seines Eides ging es so weiter, immer schneller, allen andern voraus bis zu den »Warmen Quellen«. Dort stemmte das Tier die Vorderbeine in den Sand und stand.

In hastiger Erfüllung des Beharrungsgesetzes flog Schlegel über seinen Kopf weg auf die heiße Umfriedung des kochenden Wassers, zum Gaudium der Weiber, die in dem qualmenden Wasser wuschen.

Als die andern die Ponys parierten, erhob er sich gerade und rieb den zerschundenen Teil seiner Leiblichkeit.

»Gottlob,« stöhnte er, »ich bin unten. Die Erde hat mich wieder.«

»Jedenfalls hatten Sie eben hier einen warmen Empfang,« lachte Thyri und zeigte auf das dampfende Gitter.

Die »Warmen Quellen« boten eine große Enttäuschung. Die Herren hatten etwas anderes erwartet als dies längliche Becken mit dem trägsprudelnden Wasser.

»Ja,« sagte Helga, »der Geysir ist es nicht. Der ist im Binnenlande. Aber diese Quellen tun auch ihre Dienste.« Sie zeigte auf die waschenden Frauen.

»Hier wird die schmutzige Wäsche von ganz Reykjavik gewaschen.«

»Man merkt es,« nickte Foehre, »die Weiber schwatzen sehr eifrig.«

»Ah,« machte Helga und sah ihn mit hell aufleuchtenden Augen an. Sie hatte immer viel Sinn und Anerkennung für einen guten Witz.

Nach kurzer Rast saß man wieder auf, nachdem der Dicke dem Pferdchen die schrecklichsten Strafen für neue Eigenmächtigkeiten in furchtbare Aussicht gestellt hatte und mit viel Mühe und Lachen wie ein Ballen auf den Sattel verfrachtet worden war.

Und jetzt ging es auf schmalen Pfaden ins Land hinein.

»Bitte sehr, dolce – dolce,« mahnte Schlegel sein ruhig trabendes Tier und hob beschwörend den Arm.

Das Pony hielt das Zeichen wohl für ein Alarmsignal. Denn es setzte sich sofort in anmutigen Galopp. Thyri folgte ermunternd.

Asta aber zügelte mit ihrer Linken ihr angaloppierendes Pferd zurück, mit der Rechten fiel sie dem willenlos losstürmenden Dichter in die Trense. Seine stummragende Opferfreudigkeit dauerte sie.

Helga und Foehre nahmen einen linden englischen Trab und hielten zwischen dem Wirbelsturm in der Front und der schreitenden Sanftmut im Rücken die frohbewegte Mitte. Eine Weile trabten sie stumm nebeneinander her und genossen die Freude der Rhythmik der Bewegung und die erfrischende Klarheit der nordischen Luft.

Ganz leise klang in das harmonische Klappern der Hufe das helle Klirren des goldenen Armbandes, das bei der Bewegung aus Foehres Manschette herausgeglitten war. Helga blickte gebannt auf die breite goldene Kette, die sein Handgelenk umschloß. Nie hatte sie dergleichen bei einem Manne gesehen. Etwas in ihr wehrte sich gegen diesen Schmuck als gegen etwas verzärtelt Unmännliches. Doch zugleich schien ihr Unbehagen dem befangenen Mädel sehr weltfremd und hinterwäldlerisch.

»Das ist der schönste und eigenartigste Ritt meines Lebens,« sagte er plötzlich. »Auf steinigen Wegen mitten in Island hinein. Es erscheint so unwirklich. Vor acht Tagen bin ich noch in Berlin im Tiergarten getrabt.«

Bei dem Wort »Berlin« blickte sie rasch auf, aber ehe sie etwas sagen konnte, fuhr er fort: »Wie seltsam ist das Leben in seinen unvermittelten Übergängen. Gestern noch war mir Island ein Wort, mehr nicht. Ein geographischer Begriff. Und heute reite ich neben Ihnen hinein in dieses wunderbare Land, und alles scheint selbstverständlich und begreiflich. Und der geographische Begriff hat einen wunderbaren Inhalt erhalten.«

»Wie weich seine Stimme klingt,« dachte sie. Und nur, um etwas zu erwidern, sagte sie: »Das kommt wohl daher –«

Er unterbrach hastig: »Nicht, nicht! Bringen Sie nicht irgend eine klippklare Erklärung. Natürlich kommt alles irgend woher. Wenn man durchaus will, kann man das holdeste Wunder banal erklären. Denken wir uns lieber, es wäre ein isländisches Märchen, in das wir verzaubert sind.«

»Gut,« lachte sie, »denken wir uns das. Es ist wohl auch etwas Ähnliches, wenigstens mit uns beiden!«

»Mit uns?« fragte er erstaunt. Ein herber Parfümhauch strömte von ihm aus. Es schien der sehnsüchtigen kleinen Helga ein Duft von Europa und der Welt, aus der er kam. Plötzlich errötete sie in Scham ob ihrer halbbäuerlichen Kleidung.

Er mußte sie noch einmal fragen:»Weshalb meinen Sie, daß gerade zwischen uns beiden eine Art Verzauberung –?

»Weil unser Begegnen so seltsam war.«

»Hm, drollig war es. Überhaupt sind die isländischen Mädchen von einer bestrickenden Vertraulichkeit.«

»Ja, das sind wir,« nickte Helga.»Das macht die abgeschiedene Lage unsrer Insel und die Freude über jede Belebung unsrer Einsamkeit von außen. Sie können nicht ahnen, wie farblos unser Leben im Binnenlands verläuft. Aber ich meinte nicht unser Begegnen heute. Da waren wir ja schon alte Bekannte,« fügte sie schelmisch bei.

»Nanu?«

»Vom vorigen Jahre her.«

Er starrte verwundert und zog die Zügel an.

»Sie irren. Ich bin noch nie in Island gewesen.«

»Warm Sie im vorigen Jahr mit Ihrer Jacht im Polarmeer?«

»Allerdings, aber –«

»Erinnern Sie sich einer bezaubernden Mitternachtsonne in der Nähe von Spitzbergen? Sind Sie da nicht einem großen Walfänger begegnet?«

»Mit vier Walfischen im Schlepptau. Ja – natürlich. – Es war – aber mein Gott – da können doch nicht Sie –«

Sie nickte triumphierend.»Doch. Ich war auf dem »Eisvogel«.

»Auf diesem schmierigen Kasten waren – Sie?«

Sie errötete heiß. Aller Triumph verflog.

»Um alles in der Welt, was haben Sie dort gesucht?«

»Die Welt,« sagte sie ganz leise und rang tapfer mit den Tränen. Sie wußte selbst nicht, was sie ihr in die Augen trieb.

»Die was –?«

Sie gab ihrem Pferde einen leichten Schlag und galoppierte eine Zeitlang stumm neben ihm her. Er blickte sie mit seinen scharfen schwarzen Augen an. Und dachte:»Donnerwetter, sollte in diesem gesunden nordischen Mädel etwas von der sehnsüchtigen Bleichsucht unsrer Berliner Weiber stecken?«

Er verlangsamte die Gangart zum Schritt und lächelte:»Dann sind wir also alte Bekannte und haben uns da draußen schon recht herzlich und patriotisch begrüßt.«

Sie sah stumm vor sich nieder. Doch plötzlich hob sie die blauen Augensterne zu ihm auf.

»Wie eine Sage strahlte damals die weiße Jacht im Glanz der Sonne.«

Und nach einer kleinen Pause fügte sie hinzu:»Waren auch die beiden andern Herren damals –?«

»Nein,« unterbrach er.»Ich wechsle meine Begleitung jedes Jahr.«

»Damals waren auch Damen an Bord.« Irgend eine treibende Macht zwang sie zu dieser Feststellung der Eifersucht.

»Ja,« nickte er leichthin.»Es waren einige Bekannte mit ihren Frauen.«

»Aber nach Island sind Sie damals nicht gekommen? Sie waren doch so nah.«

»Nein,« sagte er langsam,»wir hatten keine Zeit. Wir fuhren nach Hammerfest hinüber.«

Er schwieg. Konnte die Wahrheit auch wohl nicht gut eingestehen. Sie war nicht sehr rühmlich für ihn.

Sollte er etwa dem jungen Mädchen da erzählen, daß er plötzlich eines Nachmittages die Siesta der einen Dame peinlich gestört hatte in einem fatalen Mißverständnisse; daß die Törin sich ganz unbegreiflich gewehrt und geschrien hatte, bis ihr Mann, sein bester Freund, hinzugekommen war; daß eine handgreifliche Unstimmigkeit geherrscht; daß seine Begleiter ein heftiges Verlangen nach Hammerfest und der Beendigung seiner Gastfreundschaft ergriffen hatte? Sollte er alles dies berichten? So etwas erzählt kein vernünftiger Mensch, wenn er zum erstenmal an der Seite einer jungen Dame durch Island reitet.

Nach einer Weile griff Helga den nachschleifenden Faden des Gespräches wieder auf.

»Es muß sehr angenehm sein, Ihr Freund zu sein, wenn Sie mit Ihrer Jacht so gastfrei sind.«

»Gott,« meinte er geringschätzig, »ich tue es doch vor allem meinetwegen, um nicht so einsam zu treiben. Gewiß ist es auch ein Mittel, Freude zu bereiten. Zum Beispiel dieses Jahr diesen beiden armen Schluckern, dem Dichter und dem Sänger. Es ist keine sehr vornehme Begleitung. Sie werden sich gewiß wundern.«

Sie schüttelte heftig den Kopf.

Er fuhr fort: »Ich weiß selbst nicht, wie es kam. Eine Laune von mir. Ich lernte sie zufällig kennen und wollte ihnen eine Freude bereiten. Ihnen die Möglichkeit geben, die Herrlichkeit dieser Erde zu sehen.«

Da sah die weltkluge Helga Helaason, die wie ein Falter um die Flamme flatterte, ihn mit warmen, leuchtenden Augen an. »Sie sind sehr gut, glaube ich,« gestand sie leise, überzeugt.

Er lachte auf, daß sie zusammenschrak.

»Habe ich etwas Dummes gesagt?« fragte sie naiv.

»Nein, nein. Etwas sehr Liebes. Aber wir wollen davon nicht sprechen. Denn wir wissen im Grunde doch alle nicht, was ›gut‹ ist. Halten wir lieber einmal Umschau in diesem Wunderlande.«

Er hielt das Tier an und stand, sich umwendend, in den Steigbügeln.

»Herrlich! Diese Berge rings in der Runde und der zarte schwarzblaue, purpurgetränkte Hauch, der darüber liegt. Diese edlen Linien der Gebirgskämme! Und kein Mensch und kein Baum und nur endloses Schweigen.«

»Das ist unser Island,« sagte sie innig und dachte, daß nur ein guter und feiner Mensch die Natur so zart erfassen könne.

»Man hat das Gefühl,« sprach er fort und setzte sein Pony wieder in Gang, »daß man Tage so fortreiten könnte oder Wochen, immer tiefer hinein in diese Einsamkeit.«

Nach einer Weile spann er laut einen stillen Gedanken weiter: »Es ist seltsam, zu denken, daß diese Berge dort drüben seit Jahrtausenden so klar umrissen in den blauen Himmel starren. Und daß man all die Zeit, die man selbst lebt, nichts von ihnen gewußt hat. Und doch waren sie immer da in ihrer ergreifenden Schönheit, fern, fern von unserm Leben. Und werden dort stehen, unbewegt, dämmerblau überhaucht, als hätten sie einen nie entzückt, wenn man längst im Grabe vermodert ist.«

»Möchten Sie hier wohnen?« fragte sie unvermittelt.

Er schüttelte den Kopf, dessen reines Profil sich scharf in der hellen Lust abzeichnete.

»Nein. Ich bin Weltkind. Ich gehöre hinein in den Strudel des Lebens. Auf Stunden ist diese Einsamkeit eine feierliche Einkehr in das ruhelose Gemüt. Aber immer –? Dagegen würde mein sensationslüsternes französisches Blut revoltieren.«

»Ihr französisches Blut!?«

Helga riß heftig ihr Tier dicht zu ihm hinüber.

»Ja. Meine Mutter war Französin.«

»Ihre Mutter –?«

»Ja. Aber – was haben Sie –?«

Mystisch umhaucht rang sie mit ihrer Erregung und Ergriffenheit nach Worten.

»Ihre Mutter –!« stieß sie mühsam hervor.

»Ja, meine Mutter. Ich begreife nicht –«

»Auch meine Mutter war Französin,« flüsterte sie, aufgewühlt und erschüttert von dem unerforschlichen Walten des Schicksals, das den Herren ihrer Zauberjacht durch so wundersame geheimnisvolle Bande mit ihr verknüpfte.

»Ihre Mutter war Französin?«

Die Rollen waren plötzlich vertauscht. Jetzt war er es, der über die Abstammung seiner Begleiterin staunend die Augen aufriß.

Sie nickte stumm und stolz beglückt über diese traute, sie beide wundersam einende Offenbarung.

Er betrachtete sie forschend.

»Ihr Äußeres dürfte aber kein Erbteil ihrer Mutter sein,« erwog er.

Sie schüttelte traurig den blonden nordischen Kopf. »Äußerlich gleiche ich meinem Vater –«

»Der ein Isländer ist?«

Sie nickte wieder und fuhr leise fort: »Aber in mir lebt meine arme Mutter.«

»Sprechen Sie ihre Sprache?« fragte er, unvermittelt in seine Muttersprache übergehend.

Ihr schönes Gesicht verklärte sich mild.

»Ja,« sagte sie auf französisch. »Sie hat sie mich gelehrt, als ich noch auf ihrem Schoße spielte. Das vergißt man nie. Ich lese auch viel französisch.«

»Erzählen Sie mir von Ihrer Mutter,« bat er.

Sie erzählte ihre letzten Geheimnisse und fühlte sich diesem Fremden näher, als sie sich jemals einem Mann gefühlt hatte. Von der Einsamkeit der jungen Provencerin berichtete sie und ihrem Heimweh und ihrem frühen Tode. Sie sprach in den Lauten der toten Mutter zu dem Manne, dem diese Worte Heimatsklänge waren.

Stark und zart ward das Band, das sich zwischen ihnen schlang auf dem rauhen engen Pfade, der hinein führte in Islands Herz.

Als sie geendet hatte, schwiegen beide in sinnender Erschütterung. Stumm trabten sie nebeneinander her. Endlich begann er wieder: »Eigentlich bin ich Vollblutfranzose. Auch mein Vater war ein Pariser. Doch meine Mutter heiratete später einen Deutschen, der mich adoptierte. So kam ich zu dem deutschen Namen und der deutschen Staatsangehörigkeit.«

»Das muß Sie im Kriege doch in schwere Konflikte gestürzt haben,« bedachte sie klug und teilnahmsvoll.

»Das tat es,« bestätigte er. »Doch ein gütiges Geschick hat mich vor dem Zwange bewahrt, auf meine Brüder zu schießen. Meine Werke haben mich reklamiert. Ich besitze eine Schiffswerft in Hamburg und eine Automobilfabrik in Berlin.

Sie blickte scheu zu ihm und seinem märchenhaften Reichtume hinüber. Dann sagte sie: »Auch mich hat dieser böse Krieg in arge Wirrnis gebracht. Unser Herz – das Herz von ganz Island – war bei dem tapferen deutschen Volke, über das die ganze Welt herfiel, das sich heldenhaft gegen diese gigantische Übermacht vier Jahre lang verteidigte. Aber mein Gefühl war doch auch sehr bei dem Vaterlande meiner Mutter – sehr.«

»Das ist begreiflich,« bedachte er. »Es mag sehr viele solche Zwiespältigkeit der Parteinahme gegeben haben bei Menschen, die so zwischen den Nationen stehen, wie wir beide.«

»Warum müssen die Völker sich zerfleischen und vernichten?« rief sie, in einem Nachklang der Trauer, die sie damals während des Krieges schmerzlich erfüllt hatte.

»Weil die Menschen Bestien sind,« erwiderte er. »Weil sie grausamer und beutegieriger sind als das blutigste Raubtier. Man spricht immer von der Verführung der Völker durch die wenigen leitenden Staatsmänner. Aber halten Sie das für möglich? Könnten wirklich einige wenige gewissenlose Kriegstolle ganze Völker hineinreißen zum gegenseitigen Morden und Totschlagen, wenn sie nicht bestialischen Instinkten entgegenkämen, die in den Hunderttausenden schlummern?«

So sprach er lange fort. Sie lauschte andächtig seinen Worten. Sein Pariser Französisch klang ihr wie Gesang der Heimat. Sie lauschte auf seine Klugheit, seinen lodernden Abscheu vor den Greuln dieses Krieges, seine bebende Liebe zur Menschheit.

»Wie gut er ist,« dachte sie wieder.

Dann bat sie ihn, ihr von seiner Mutter zu erzählen.

Er blickte sie kurz an und begann. Er dichtete ihr das Märchen seiner Mutter, wie er fast immer dichtete, wenn er sprach. Es war sein Erbteil vom Vater her.

Die Wahrheit über Madeleine Gomelin, die ihn geboren hatte, war häßlich und gemein. Doch jetzt verklärte ihm der Tod ihr Bild.

Bei Lebzeiten hatte er sie bitter verachtet. Erst nach ihrem Hinscheiden hatte er ihr Traueraltäre in seiner Seele gebaut, vor denen er jetzt ernsthaft betete, in der selbstbetrügerischen Verherrlichung, die er ihr und sich erdichtete.

Er gestaltete die Wirklichkeiten des Lebens um, log – wie seine Bekannten sagten – aus einem Schönheitsbedürfnis heraus, in der erschreckenden Erkenntnis, daß die Wahrheit oft unschön und unkünstlerisch ist. So vergewaltigte seine schöpferische Kraft, die brach lag, ihm selbst fast unbewußt, des Lebens nüchtern gewürfelte Tatsachen zu farbenblühenden Phantastereien.

Denn das Leben arbeitet oft abscheulich, so abscheulich, daß es Madeleine Gomelin als große Kokotte geschaffen hatte.

Ursprünglich freilich war sie Sängerin an einer kleinen Pariser Operettenbühne gewesen. Doch nur im Chor erklang ihr wenig ausgebildeter kleiner Alt.

Hier im Kreise der Chordamen fiel sie wenig auf, obwohl sie eine von jenen kleinen rassigen brünetten zauberhaft geschmeidigen Frauen war, von sinnbetörender Schmiegsamkeit der Glieder, einem erregenden Dufte der dunklen glatten Haut, mit großen verwirrenden schwarzen Augen, die – wenn sie erobern wollte – und sie wollte immer erobern – in einem bestrickenden wehmütigen Schmelze brannten. Dazu war sie voller Esprit.

Leider hatte sie sehr wenig positive Kenntnisse in der Gosse von Mont Martre gesammelt, in der sie aufgewachsen war. Ihr Schulbesuch war etwas unregelmäßig gewesen. Doch sie war mit einer natürlichen Klugheit und einem Witz begabt, der die angeborene Gerissenheit des Pariser Gassenmädels weit übertraf.

Für alle diese wertvollen und lockenden Gaben aber fand sie keinen Liebhaber, jedenfalls keinen würdigen. Sie hatte freilich, wie die andern Damen vom Chor des kleinen Operettentheaters, ihre

Freunde. Doch nur kleine Kommis, Studenten, geringe Beamte. Das Hochwild fehlte. Sie war nicht in der richtigen Assiette.

Da kam der große Zufall ihres Lebens, die Glücksfontäne, die sie hoch empor schleuderte. Regisseur Schicksal packte sie, stellte sie ganz vorn an die Rampe der Lebensbühne, in grellste rosarote Scheinwerferbeleuchtung, in einer fulminanten Solorolle. Und das Publikum, ganz Paris, richtete die Augen auf die junge Debütantin.

Es kam ihr großer Sensationsprozeß.

Eine Choristin des Theaters wurde in der Garderobe tot aufgefunden. Erstochen. Madeleine Gomelin hatte am Abend zuvor einen erbitterten Streit mit ihr gefochten. Eine Eifersuchtsgeschichte. Die Garderobe der Chordamen hatte von unflätigen Schimpfworten und blühenden Gehässigkeiten widerhallt. Tätlichkeiten flackerten auf, Haarbüschel wurden als Siegestrophäen geschwungen.

Am nächsten Morgen fand die Reinmachefrau die Gegnerin erdolcht am Boden.

Es wurde eine romantische Sensationsaffäre. Die Boulevardblätter brachten dicke Überschriften. Die Kamelots brüllten sie auf den Straßen aus.

»Der Mord in der Garderobe« – »Der Chor der Eifersüchtigen« – »das Liebesdrama hinter den Kulissen!« Wie Byron erwachte Madeleine am Morgen und – war berühmt. Mit einem Schlage oder vielmehr einem Dolchstoße stand sie im Mittelpunkte des Interesses.

Alles sprach gegen sie. Alle Indizien stempelten sie zur Täterin. Freilich nur Indizien. Direkt konnte man ihr den Mord nicht nachweisen.

Sie leugnete. Sie beteuerte ihre Unschuld.

Es half ihr nichts. Sie kam vor die Geschworenen. Paris lief zu der Verhandlung wie ins Theater.

Theater im Theater zieht immer. Die Zeitungen, die sie früher völlig übersehen hatten, brachten ihr Bild. Nicht nur in Paris. Alle Lebemänner wurden auf sie aufmerksam, sahen sie und ihre pikante Schönheit in der Gloriole einer bewegten Lebensgeschichte.

Der Vorsitzende behandelte sie mit weltmännischer Ritterlichkeit. Die Damen waren gegen sie. Sie war zu hübsch, zu klug und allzu feminin. Die Männer aber riß sie elementar auf ihre Seite. Doch ihre Sache stand schlecht. Sehr schlecht. Die Beweise gegen sie häuften sich zu einer Lawine, die sie begraben mußte. Sie hatte als Letzte an jenem Abend die Garderobe verlassen. Der Portier erinnerte sich, daß sie erregt an ihm vorbei gerannt war. Die wilden Drohungen, die sie nach dem Kampfe gegen die Getötete ausgestoßen hatte, standen gegen sie auf. Ihre Sache lag – trotz ihrer ruhigen, gewandten eigenen Verteidigung und den Bemühungen des jungen Maitre, der ihr Anwalt war, sehr bedenklich.

Da geschah die große Sensation in der Sensation.

Der Procureur de l'état hatte gerade seine flammende Anklagerede beendet und haarscharf nachgewiesen, daß sie, und nur sie, die Täterin sein konnte. Er hatte die Jury gebeten, sich nicht von chevaleresken Motiven leiten zu lassen, nicht über die unbeugbare Schönheit, den Charm und die Klugheit der Angeklagten zu richten, sondern über ihre raffinierte Tat. Er plädierte auf Tötung mit voller Überlegung, auf Mord.

Da geschah es.

Etwas, das in der Geschichte des Strafprozesses unerhört ist.

In dem überfüllten Zuhörerraume, in dem die Ministerfrau neben dem Zuhälter, die Vorstadtdirne neben dem Gesandtschaftsattaché dicht gepreßt saß, erhob sich ein junger Mann mit lang wallenden Haaren.

Er reckte die Arme hoch auf und bat um Gehör.

Gerichtsdiener drohten, ihn hinaus zu befördern. Doch er schrie laut in das Staunen, das er hervorrief, er habe etwas zu sagen. Er wolle bekennen.

Man führte ihn vor den Tisch der erstaunten Richter. Die Neugier und die Spannung hob die Zuschauer von den Sitzen.

Da beichtete Henri Fordier, daß er – der Täter sei.

Sekundenlang war Gericht und Auditorium vor Überraschung gelähmt. Dann brach im Zuhörerraum ein Orkan los. Zweifel und Glauben wüteten gegeneinander.

Endlich brachte die gellende Glocke des Präsidenten Ruhe in das Chaos.

Keiner war erstaunter als Madeleine. So ganz unschuldig, wie sie sich hinstellte, war sie ja nicht am Tode Juliettes. Wie es gekommen war, wußte sie selbst nicht. Die freche Juliette war mehr in den Dolch gelaufen als daß sie, Madeleine, zugestoßen hatte. Aber dieser junge hübsche Mann da – mit den langen Künstlerlocken? Was wollte der? Wie kam er dazu, sich als Mörder zu bekennen?

Da traf sie ein heimlicher blitzrascher Blick aus seinen Schwärmeraugen. Den verstand sie. Und wußte sofort alles. Begriff, daß dieser junge Kerl sich in sie verliebt hatte in allen diesen langen Tagen der Verhandlung und seine Liebe mit dem Leben bezahlen wollte. Das wußte sie im selben Augenblicke. Und ein Stolz blühte in ihr auf, daß ein junger schöner Mensch, vor dem prangend das Leben lag, dieses herrliche Leben hinwarf, um sie zu retten.

Doch Skepsis waltete am Richtertische.

Auch der Staatsanwalt ahnte die Zusammenhänge und verlieh seinen Mutmaßungen beißende Worte.

Aber Henri Fordier war nicht umsonst ein junger Dichter, dessen erster Roman berechtigtes Aufsehen geschürt hatte. Er erzählte seine Dichtung.

Er hatte Juliette geliebt, sie war ihm untreu geworden, er hatte sich gerächt, in die Garderobe geschlichen, in der sie allein zurückgeblieben war, hatte sie getötet.

Das Publikum siedete vor trächtiger Erregung.

Der Vorsitzende forderte Beweise von dem Selbstankläger.

Ehe er sie noch nennen konnte, hatte Madeleine Gomelin den höchsten Moment ihres Lebens.

»Er will sich für mich opfern!« rief sie. »Was er sagt, ist nicht wahr. Ich habe es getan.«

Das Publikum fieberte.

Und nun geschah das Seltsame. Zwei Menschen kämpften um die Täterschaft, rangen um den Tod. Jeder bezichtigte den andern der Unwahrheit.

Schließlich machte der Präsident dem Aufopferungsduell ein Ende. Er gebot dem jungen Dichter, in den sich fünfundsiebzig Prozent der Damenschaft verliebt hatte, sich zu setzen.

Die Geschworenen zogen sich zur Beratung zurück. Ihr Herz gehörte der Angeklagten. Keiner glaubte der Selbstbezichtigung Henri Fordiers. Aber er hatte ihnen den Ausweg gewiesen. Bis zu seinem jähen Auftreten war die Schuld Madeleines so unwiderleglich bewiesen, daß ein Freispruch einer Rechtsbeugung verzweifelt ähnlich gesehen hätte. Nun hatten sie einen Handgriff, das erlösende Urteil zu packen. Alle Sympathien waren jetzt bei der Frau, die ihr Leben freiwillig hingeworfen hatte, ihren Retter zu retten. Jetzt konnten sie behaupten, die Sache sei nicht aufgeklärt, da zwei Personen den Tod für sich in Anspruch nahmen. Sie glaubten dem Dichter nicht – gewiß. Aber sie wollten auch nicht an Madeleines Schuld glauben. Ein Irrtum war immerhin möglich. Und jeder Zweifel gilt zu Gunsten des Angeklagten.

Das verkündete der Obmann und verneinte die Schuldfrage. Beim Verlassen des Justizpalastes wurden Madeleine Gomelin und Henri Fordier rauschende Ovationen dargebracht. Beide waren auf zwölf Stunden die Helden von Paris.

Dann spülte die Sturmflut der Ereignisse und neuer Sensationen ihre Berühmtheit hinweg.

Doch der Prozeß blieb nicht ohne Folgen.

Madeleine erhielt Anträge. Von ersten Bühnen als Sängerin, von ersten Männern als Geliebte. Sie war die interessanteste Frau geworden, auf den Brettern, die die Welt und die Halbwelt bedeuten.

Klug und geschäftstüchtig nutzte sie die gewonnene Stellung bis ins Letzte aus. Sie wußte, ihre Stimme reichte nicht aus, die Sensation lange zu überleben. Doch ihre übrigen Gaben reichten dazu schon aus. Sie wurde die begehrteste Kokotte von Paris. Dies fiel ihr umso leichter, als sie mit dem Herzen niemals beteiligt war.

Nur einen liebte sie ehrlich, soweit sie lieben konnte. Ihre Liebes-
fähigkeit war – wenn das Gemüt in Betracht kam – nicht allzu groß.
Doch in ihrer egoistischen kühlen Art liebte sie den Mann, der sein
Leben für sie in die Schanze geschlagen hatte.

Von ihm bekam sie – soweit sie selbst dieses feststellen konnte –
ihr Kind. Dann verlor sie ihn. Er konnte es nicht ertragen, sie mit
andern zu teilen. Sie zuckte die Achseln. Ihm Vernunft und Klugheit zu predigen, war vergeblich. Er war ja nun mal ein Dichter.

Das Kind war Charles. Er wuchs heran in dem parfümierten
schwülen Heime der Mutter. Er sah die vielen Männer der Mutter,
er wurde ihnen als Wunderkind vorgeführt, wurde von ihnen verwöhnt und verhätschelt. Erzogen wurde er kaum.

Vom ersten Tage seines Begreifens an sah er Intrigen, Lügen, Ver-
stellung. Frühzeitig zeigte sich das Erbteil des Vaters: eine üppige
Phantasie, ein Hang zum Fabulieren, eine Lust am Umgestalten der
Wirklichkeit. Die Mutter und ihre Zofe lachten zu diesen Unwahr-
heiten. So wurde Charles Gomelin ein Gewohnheitslügner. Aber
auch des Vaters Zartsinn, seine Liebe zur Natur lebte in seinem
Kinde.

Und dann trat Victor Foehre in das Leben der großen Amoureuse
Madeleine Gomelin.

Der Großindustrielle kam zu wichtigen geschäftlichen Verhand-
lungen nach Paris. Er war zweiundsechzig. Ein Geschäftsfreund
führte ihn Madeleine zu. Blind verliebte er sich in sie. Kopflos, wie
alternde Männer, die nie Zeit zur Liebe gehabt haben, sich an der
Neige des Lebens vergessen.

Er wußte alles über sie. Ihr Ruf war ihm gleichgültig. Er konnte
sich einige Unabhängigkeit leisten. Er verachtete die Menschen
nicht erst seit gestern. Noch in Paris heiratete er die junge Frau und
führte sie in seine Villa in den Grunewald.

Den Knaben nahm er mit, kümmerte sich aber weiter nicht um
ihn. Freilich mußte er ihn auf Madeleines Drängen adoptieren. So
wurde Charles Gomelin Karl Foehre und der Sohn eines der reichsten Industrieherren Deutschlands.

Die neue Umgebung übte auf das heranwachsende Kind keinen günstigeren Einfluß, als das unruhige Kokottenheim in Paris. Denn Madeleine war ihrem Gatten ebenso wenig treu, wie sie ihrem jeweils erklärten Souteneur die Treue bewahrt hatte. Sie neigte zu Nebenbelustigungen.

So ward auch die prunkhafte Villa zu einer Stätte der Kabale, des Geheimnisses, der Ausreden und der Betölpelung. Der verwöhnte frühreife Knabe aber war in allen Lebensfragen der Vertraute der Mutter. Oft mußte er Mittlerdienste tun, oft hastige Botengänge eilen, im letzten Augenblicke folgenschwere Begegnungen und Überraschungen abwenden.

Als Victor Foehre die arbeitsmüden Augen für immer schloß, die er beide in den letzten Jahren oft geflissentlich zugedrückt hatte – bei dem Betriebe Madeleines hätte der ruhebedürftige alte Mann sonst manche peinliche Erörterung heraufbeschworen – wurde Madeleine Foehre, née Gomelin, Alleinherrscher in den Foehrewerken in Berlin und Hamburg und eines unermeßlichen Vermögens.

Jetzt begann eine lustige Zeit. Schon zu des Gatten Lebzeiten hatten sich allerhand Schmarotzer an die reiche Frau herangedrängt. Theater, Varieté, Film und zweifelhafte ganze, unzweifelhafte halbe Welt. Doch damals nur insgeheim und in Abwesenheit des Großindustriellen.

Nun wurde die Grunewaldvilla ein Asyl allerlei seltsamen Gelichters.

Aber Madeleine ward ihrer Freiheit nicht lange froh.

Ihr Automobil sauste gegen einen Baum, das kluge Hirn versickerte im Straßenkote.

Und Karl war seit nun fünf Jahren emsig beschäftigt, die Gaben des Fleißes seines Adoptivvaters in alle Winde zu verschleudern. Man muß sagen, mit vielem Erfolge.

Von der Mutter hatte er die Pflege eines schmeichelnden Schmarotzerhofhaltes geerbt. So kam er zu seiner diesjährigen Reisebegleitung.

Das war Karl Foehre, der verdorbene Großstadtmensch, den das Geschick der lebenshungrigen jungen Helga Helaason zugeführt hatte. Ein zart empfindender, verlogener Lebensschlürfer. Aber wie sollte die arme Helga mit ihren unerfahrenen, von Sehnsucht umflorten Augen die gleißende Firnis seiner Schale durchschauen! Ach, es hatten sich schon ganz andre, weltkundige Frauen durch Herrn Karl Foehres Seelengeklimper betören lassen. Ganz andre.

Ein herzliches warmes Gefühl riß Helga zu diesem eleganten Manne hin, den, gleich ihr, eine französische Mutter getragen hatte. Eine Schicksalsbrücke schien ihr diese Abstammung, die sich eng verbindend schlug von ihr, dem isländischen Mädchen, zu dem Manne des großen Lebens.

Sie sah sein bewegtes Gedenken der Mutter und wagte nicht, seine stille Versunkenheit zu stören.

»Ja,« raffte er sich endlich auf, »ihr Blut ist in mir lebendig. Deshalb muß ich draußen leben in der Welt. Ich brauche Anregung und Zerstreuung. Ohne das Treiben der Großstadt könnte ich auf die Dauer nicht sein.«

Er schüttelte den Kopf.

Sie senkte das Gesicht. Ja – ja, er mußte draußen in der Welt leben. Er durfte und konnte es. Ihre Augen wurden feucht vor Schmerz, daß er, der auch eine französische Mutter hatte und ihr deshalb so schicksalsverwandt war, es durfte und sie nicht.

Er beobachtete sie und sagte plötzlich:»Wenn ich nicht irre, gehören auch Sie, trotz Ihres isländischen Äußeren, nicht mit der Seele hierher. Das Blut Ihrer Mutter ruft Sie hinaus aus diesem Winkel hinter der Welt.«

Da bog sie sich auf ihrem Sattel vor und flüsterte mit zitternden bleichen Lippen:»Nein, ich gehöre nicht hierher. Es ist die ruhelose Sehnsucht meines Lebens, hinauszukommen in die Welt. Davon träume ich Tag und Nacht.«

»Und warum bleiben Sie hier?«

»Mein Vater hält mich.«

»Laufen Sie davon!« riet er kurz.

Sie starrte auf.»Wie?«

»Nun, wie man eben davonläuft.«

Sie hob verzweifelt die Hände, daß ihr Tier auf den Hinterbeinen stieg. »Island ist eine Insel.«

»Schiffe liegen im Hafen.«

Da schüttelte sie hoffnungslos den Kopf. »Welches Schiff nähme mich wohl mit?«

»Ich wüßte eins,« lächelte er und drückte dem Pony die Sporen in die Weichen.

Helga folgte im Galopp. Sie sprachen nicht mehr, denn ihnen entgegen kamen Thyri und der Tenor. Aber jetzt wußte Helga, daß er wert war, auf ihrer weißen Jacht zu fahren.

Sie hatten sich vortrefflich unterhalten, die lustige Thyri und der drollige »dicke Wilhelm«, und sich gegenseitig trotz des »ekelhaft unersprießlichen« Galopps eine wahre Konfettischlacht mit Witzen geliefert. Auf einer Anhöhe machten die beiden Paare Rast und erwarteten die Nachzügler. Endlich kamen sie in Sicht. Sie waren langsam nebeneinander hergeritten, sinnig und schweigsam. Doch der gute Haaro hatte die rassige Schönheit des Landes und seiner Begleiterin empfindsam in sich eingesogen. Ihm schwante etwas wie ein nordisches Heldenepos.

Nun zogen sie allesamt weiter, immer tiefer hinein in dieses stille Land. Hier und dort grasten einige bescheidene Pferde das kärgliche Moos zwischen dem Lavageröll ab. Sonst atmete weit und breit nichts Lebendes. Und wenn Schlegel und Thyri, die fast allein die Unterhaltung bestritten, just keine Kugel aus ihrer Witzflinte verschossen, kroch ein beängstigendes Schweigen hervor aus den weiten Steinflächen und unwegsamen Lavafeldern, von den dunklen Höhenzügen ringsum und aus dem Meere weit da draußen, und breitete sich über die Ebene wie eine tief hängende schwere Decke, unter der sie gebeugten Hauptes dahinritten. Und ihr gezwungenes Lachen fiel hinein wie in eine luftlose graue Leere.

Es dämmerte bereits, als sie die Heimkehr antraten. Und an diesem Nachmittage geschah, um in dem hübschen naiven Tone der isländischen Chroniken zu berichten: »nichts besonderes weiter.«

Am Abend waren die drei Mädchen zu Gaste geladen auf die weiße Jacht. –

Thyri Thorarinsson legte rasch ihr bestes Kleid an und sprang zu den Freundinnen in der Laekjargata hinüber. Als sie in Astas Zimmer trat, blieb sie überrascht in der Tür stehen.

»Nanu – Helga! In isländischer Festtracht?«

»Auch ich finde es seltsam,« bestätigte Asta, »da wir doch zu einem ganz weltstädtischen Diner geladen sind.«

Thyri schloß sacht die Tür.

»Laß nur, Asta,« sagte sie zufrieden nickend.

Sie hatte zwar ihre Augen draußen in Deutschland geschärft, die kluge kleine Thyri Thorarinsson, und doch war sie blind gegen die traurig-grotesken Greuel, die ihre »besten« Kleider wider den heiligen Geist des Geschmackes sündigten. Aber das sah sie auf den ersten Blick, daß Helga Helaason in dem weiten schwarzen Friesrock und der schwarzen Jacke mit ihrer kostbaren Goldstickerei, die straff die Büste umspannte, ganz wunderfremd und rührend schlicht und lieblich ungekünstelt mitten im Zimmer stand. Und es entging ihr nicht, wie der alte wertvolle Silberplattengürtel die junge Gestalt züchtig-stolz umschloß.

Da Neid ihr fremd war, half sie mit kundigen Fingern, die absonderliche Kopfbedeckung, die diese festliche Nationaltracht krönt, auf dem üppigen blonden Haar befestigen. Als von der weißen hohen phrygischen Mütze der lange Schleier wie ein duftiges Ahnen über Nacken und Rücken niederträumte und um die Stirn der goldene Reif mit seinen kostbaren silbernen Filigranrosetten sich schmiegte, trat sie von ihrem freudigen Werke zurück, klatschte schallend in die Hände und rief: »Weißt du, Helga, heute abend siehst du aus wie der gute Geist von Island.« –

Helga wußte, daß sie heute nacht schön war. Das sah sie sehr klar im Spiegel, das empfand auch untrüglich ihr Gemüt. In ihr schwelgte eine glückselige Freude, wie nie zuvor in ihrem ereignisbaren Leben. Seit Foehre ihr gesagt hatte, er wüßte ein Schiff, das sie mitnähme, kreiste ihre Hoffnung zag und scheu und keck um diese Verheißung.

Er wüßte eins! Je länger sie darüber sann und grübelte, desto sicherer wußte sie, daß es ihr Schicksal war, auf der weißen Jacht hinauszufahren ins Leben. Jetzt war es ihr, als ob sie das schon immer, immer schon erwartet hätte. Schon lange, ehe ihr die Jacht im sonnenroten Polarmeere begegnet war.

Sie hörte kaum auf Thyris drolliges Nachäffen des Dicken und des langen Karo. Es ging an ihrem inneren Gehör vorbei, daß Asta den guten Dichter warm in Schutz nahm. In fernem Traume saß sie dann in dem weißen Boote der Jacht und fuhr hinaus in die heftig wallende See.

Auf dem Wasser lagerte schwer die graue Dunkelheit. Sie glitten an einigen Schiffen vorüber, dann lag die kleine Jacht mit ihren zahllosen sprühenden Glühbirnen wie ein Feenkästchen vor ihnen. Daneben ragte lichtlos und schwarz der Walfänger Arni Einarssons in die Nacht. Ein banger Schauer rieselte über Helgas Körper, als sie an ihm vorbeiglitten. Fester zog sie den Mantel um die Schultern.

Dann legten sie am Fallreep an und stiegen die Treppe hinauf. Oben stand Karl Foehre, reichte ihnen die Hand und zog sie vollends an Deck.

Dicht vor ihnen öffnete sich die Tür des Salons. Dort hinein geleitete er sie. Als Helga Helaason den Mantel ablegte, und, vom Lichte überstrahlt, unter dem Lüster stand, gafften die drei Herren wie die Toren.

»Donnerwetter!« entfuhr es dem Sänger. Dem Dichter entkeimte plötzlich eine neue Figur für sein Epos, freilich nur eine Nebenfigur, da der Heldenthron bereits von Asta Asmundsdatters wohlgefügter Persönlichkeit voll besetzt war.

Foehre sprach kein Wort. Er reichte ihr noch einmal, fest und vertraulich die Hand. In seinen schwarzen Augen stand ein weißglühender Funke. Da errötete Helga und sagte leise: »Es ist die Festtracht, die wir in unsern Feierstunden tragen.«

Ein Blick liebkosender Dankbarkeit traf sie, der ihr das Blut pochend durch die Adern trieb.

Als er sich fortwandte, dem Diener eine Anweisung zu geben, beobachtete sie ihn schnell und heimlich. So natürlich in den Frack hineingeboren war ihr noch kein Mann erschienen. Nein, so trugen die »Herren« in Island nicht ihre festliche Tracht. Eher so, wie dem dicken Sänger sein fettig glänzender Smoking um die Schultern prallte. Oder noch mehr glichen sie dem langen Dichter in seinem zugeknöpften Lehramtskandidaten-Bratenrock. Ihr Freund – ja, *ihr* Freund, kam aus einer andern Welt, einer Welt der Schönheit und des Schwelgens, und darum hatte er heute mit ihr gesprochen, innig, gut, klug und nahverwandt wie nie ein Mensch zuvor.

»Wollen Sie zunächst das Schiff besichtigen?« fragte Foehre gastfreundlich.

Als alle einstimmten, erklärte er: »Also, das hier ist unser Salon und Wohnzimmer.« Es war ein zierlicher Raum im Sheratonstil, das helle Zitronenholz mit zarten Silberintarsien ausgelegt. Dann gingen sie in das antik gebeizte schwarz-eichene Speisezimmer, mit seinem silber- und kristallglitzernd gedeckten Tische.

Sie stiegen hinab in die Kabinen. Lichte Traumstätten waren das mit ihren Wandbekleidungen aus weißlackiertem Peddigrohr. In Foehres glattem englischen Schlafzimmer atmete Helga wieder dieser herbsüße Parfümhauch entgegen, der ihr heute mittag auf der Landstraße entgegengeweht war. Staunend glitt ihr bewundernder Blick über die spiegelnde Batterie von Flakons und Fläschchen auf dem blinkenden Waschtische. Und alles dünkte sie wundersam und weltenherrlich.

Als sie ins Eßzimmer zurückkehrten, platzte Thyris gerade Art heraus: »Herr Foehre, das ist eine Pracht! Sie müssen ja ein Krösus sein.«

»Es ist nicht so schlimm,« beschwichtigte er huldvoll zustimmend. »Wie gefällt es Ihnen, Fräulein Helga?«

»Es ist wie ein Märchen,« sagte sie mit solch ehrlicher Überzeugung, daß alle fröhlich auflachten. Verdutzt blickte sie drein. Was denn? Warum lachten sie bloß? Ihr, die nie dem Kultuskreise Islands entronnen war, schien es wie ein Märchen und eine traumselige Wirklichkeit aus der andern Welt.

Dann saß man um den runden Tisch, und ein glattrasierter Diener servierte mit unbeweglicher Miene ein ausgeklügelt feines Diner. Im Kühler standen dickbauchige Flaschen, wie Helga Helaason sie in ihrem alkoholfeindlichen Lande nie gesehen hatte. Als der Diener den schäumenden Sekt einschenken wollte, wehrte Asta Asmundsdatter hastig ab:»Danke sehr. Wir trinken keinen Wein in Island.«

Da rief der »dicke Wilhelm«:»Unsinn, Jean, gießen Sie ein! Lassen Sie uns aus mit Ihrem gries- und weingrämigen Land. Wer den Weinen Feind ist, ist zum Weinen. Hier ist deutscher Boden und auf dem wird gepichelt.«

Und Thyri ergriff den Kristallkelch, hielt ihn hoch empor und rief:»Europa und die Welt!« und goß den Inhalt in einem Zuge hinunter.

»Bravo,« klatschte der Dicke Beifall.»Sie sind zum Küssen.«

»Nein,« lachte Thyri,»nur zum Ansehen.«

Foehre hob sein Glas und sagte leise zu seiner Nachbarin:»Das hier ist in Frankreich gewachsen. Auf unsre Mütter!«

Wie einen Weihetrank schlürfte Helga den nie gekosteten blutaufpeitschenden Wein der Champagne.

Bald tollte eine kecke Ausgelassenheit um die Runde. Wieder war sie Thyris und des Sängers Werk. Die andern bildeten den dankbar allen Späßen zujubelnden Chor. Und als nach dem Dessert Thyri ihre Zigarette kokett in den Mundwinkel spießte und dem in Verdauung fauchenden Dicken den Rauch neckend ins weinrote Gesicht blies, sprühten auch Helgas Wangen. In ihrem Kopfe war ein sektseliges schwingendes Summen.

»Mir ist so heiß,« sagte sie,»ich möchte ins Freie gehen.«

»I, bleiben Sie hier, jetzt wird's gemütlich,« rief der Sänger.»Wir können auch hier drin das Freie haben, so frei Sie nur wünschen.«

»Laß das,« bat der Dichter.

Da ging Foehre mit ihr an Deck.

»Ist Ihnen nicht zu kühl?« fragte er mit zärtlich bewegter Stimme.

»Nein,« dankte sie,»die frische Luft tut so wohl.«

Sie traten zur Reeling und blickten stumm zum Lande hinüber. Drüben hinter der Stadt war der Himmel noch purpurrot.

Ganz in der Ferne zeichnete sich der Kegel eines rauchenden schwarzen Berges mit deutlich erkennbarer Kratermulde in zarter Linie von dem lohenden Hintergrunde ab.

»Sehen Sie!« deutete er leise.

Sie nickte und schaute mit freudeverklärten feuchten Augen. In ihrem Hirn war es weit und wogend schwer.

Das tiefe Rot drüben zerfloß mählich in Lila und Blau und durchsichtiges Grün. Und dann stand aus der Unendlichkeit niedergetropft hoch oben am Himmel ein einsamer Stern. Über das Wasser senkte sich ein violetter Dunst.

»Wie schön ist das,« wiederholte er, »wie unwirklich ist diese Nacht. So ganz aus meinem tollen Leben herausgehoben.«

Seine Stimme vibrierte. Er war ehrlich ergriffen. Sie antwortete nicht. Hatte die Wangen in die aufgestützten Hände geschmiegt und blickte grade vor sich hin. Er sah ihre feucht schimmernden Augen diamanten strahlen durch dieses Helldunkel der nordischen Nacht. Seine Nasenflügel bebten. Von ihr strömte ihm ein süßer warmer Duft erblühter Weiblichkeit entgegen. Er legte seine Hand neben sie auf das Geländer und streifte leicht ihren Arm. Sie fühlte es. Hatte aber nicht die Kraft, ihm auszuweichen. Ein wohlig erregendes Gefühl überrieselte ihre Glieder. Ihr war anschmiegungssehnsüchtig zu Sinn wie nie zuvor.

»Scheint es Ihnen nicht seltsam, daß ich ohne Frauenbegleitung fahre?« fragte er plötzlich.

Sie hob den Kopf aus der Mulde, die ihre Hände schufen. »Nein, weshalb?«

»Nun – ich meine –«

»Unsre Fischer fahren monatelang ohne Weib.«

»Ihre Fischer!« lachte er heiser auf.

Sie errötete ins Dunkel hinein.

»Sie haben Recht,« entschuldigte sie sich kindlich, »man darf unsre rauhen Fischer nicht mit Ihnen vergleichen.«

»Es hat bei mir seinen besonderen Grund,« begann er und wußte kaum, daß er dichtete. »Ich habe viele Frauen gekannt. Ach, so viele! Aber nun habe ich einen Abscheu vor den vielen. Jetzt fahre ich einsam durch die Welt und suche die Eine.«

Sie fühlte, wie ihre Knie gegen den Rock zitterten.

»Die Eine, die ganz anders ist als alle, die mir begegnet sind. Die Eine, die ganz Weib ist, fruchtbar und duftend wie schwarzes Erdreich – ein Weib mit diesem Hauch der Mütterlichkeit und diesem bestrickenden odeur de femme – diesem je ne sais quoi – Sie werden das als halbe Französin nachfühlen – und die dabei doch ungeschaut lieblich ist wie eine Fee aus einer Fabelwelt. Die suche ich jetzt.«

Er schwieg. Sie empfand den Druck seines Armes wie ein kosendes Streicheln. Er sah ihr Profil als Schattenriß gegen den Nachthimmel, dieses kluge, schöne, weich zerfließende Profil, und glaubte an seine tönenden Worte.

Doch in einem sonderbaren triebhaften Gedankensprunge von seinen Worten zu seinen Wünschen fragte er: »Wie sind die Mädchen hierzulande?«

»Wie meinen Sie das?«

»Sind sie – sehr – weiblich?«

»Es sind fühlende Menschen.«

»Vulkane?« lächelte er.

»Vielleicht,« antwortete sie und richtete sich abwehrend auf.

»Ich habe ein kulturelles Interesse,« erklärte er, beruhigend. Sein wacher Instinkt hatte sofort ihre aufkeimende Entfremdung empfunden. »Ich möchte gern wissen, ob es hierzulande, wie bei uns, vorkommt, daß Mädchen – Sie sind ja solch verständiger lieber Kerl – auch außerhalb der Ehe –«

Sie unterbrach: »Ja. Das kommt sehr häufig vor, wenn der Mann die Familie noch nicht erhalten kann.

Aber das Mädchen erwartet dann immer, daß es geheiratet wird.«

»Selbstverständlich,« nickte er. »Und wenn er sie dann nicht heiratet?«

»Dann rächt sie sich. Aber das kommt kaum vor.«

Da sprach Karl Foehre mit warmer Emphase: »Das ist sehr schön. Bei uns in Deutschland geschieht es leider oft, daß Mädchen verlassen werden, die einem Manne alles gegeben haben, was sie zu schenken vermögen. Es ist sehr schön, daß es hierzulande anders ist.«

Da tastete Helga mit ihrem Arm nach seiner Berührung.

Eine Weile schwiegen sie wieder. Dicht neben ihnen schwankte Arni Einarssons schwarzer Walfänger dunkel drohend auf und nieder. Ein tückisches Glucksen des Wassers gurgelte von dort zu ihnen herüber.

Jetzt sagte Karl Foehre sehr zart mit seiner weichen verführerischen Stimme: »Helga Helaason, Traum ist mir diese Nacht. Da stehen Sie neben mir in dieser blütenkeuschen Tracht wie eine Fee der schwarzen Berge dort hinten, und aus ihren Augen starrt der Hunger nach dem Leben der Menschen. Helga, ich habe dich sehr lieb!«

Sie löste sich halb vom Geländer und stand ratlos und verwirrt vor ihm. So rührend hilflos war die Bewegung, daß Foehre die Arme scheu um ihre Schultern legte. Alles Warme und Sehnsüchtige in ihr quoll auf. Es zog und drängte sie zu diesem Manne aus der fremden Welt, der ihr so traut und zart begegnete, der mit ihr verbunden war durch geheimnisvolle Bande des gleichen Blutes. In ihrem Kopfe war es schwer und vergehend. Sie schmiegte sich in willenloser Hingabe an ihn und bot ihm verlangend die nachtfeuchten Lippen.

Er küßte sie zag auf Mund und Augen und streichelte ihr heißes Gesicht und strich ihr die gelösten Haare unter den goldenen Reif, und war gut und mild zu ihr wie zu einem schlafbefangenen Kinde. Sie empfand seine erobernde Zärtlichkeit und konnte die Tränen nicht zurückhalten und hatte ein Gefühl, als löse sich diese jahrelange Sehnsucht in der Brust und ströme heraus in einem weiten schwimmenden Seligkeitsergießen.

Er sprach von seiner Liebe und seinem Glücke, das ihm nie zuvor so sternenrein geleuchtet habe wie in dieser Zaubernacht mit seiner großen, kleinen, törichten klugen, wunderholden Helga Helaason im Arme unter dem einsamen Sterne Islands. Sie verloren den Sinn für Raum und Zeit, bis Thyri Thorarinssons sektkeckes Lachen vom Steuerbord herüberschallte.

Dann standen die Freundinnen vor ihr und erklärten, nun wäre es höchste Zeit zum Aufbruch.

Im Salon legte Foehre ihr behutsam – es war wie ein letztes Kosen – den Mantel um die Schultern. Im Spiegel sah sie ihre in Erregung glühenden Wangen und den zerknitterten Schleier. Jeder mußte das Geheimnis dieser reichsten Stunde ihres Lebens erraten. Doch eine frohe Gleichgültigkeit gegen alle erdenschwere Vermutungen und neugierigen Gewißheiten feite sie gegen kleinliche Scham. Dann nahm er ihre Finger abschiednehmend in seine kleinen nervigen Hände und drückte sie, daß ihr das Blut noch einmal durch die Adern tobte.

Wenige Augenblicke später saßen sie im Boot. Raummangel verbot das Geleit der Herren. Die Ruder tauchten schattenhaft leise ins Wasser. Wieder fuhren sie dicht an dem Walfänger vorüber. Oben an der Reeling lehnte eine stumme Gestalt. Helga sah sie nicht. Ihre Augen hingen gebannt an der stillglühenden Lichterperlenkette des weißen Schiffes.

Dort stand Foehre, sie fühlte körperlich seinen ihr nachjagenden Blick. Neben ihm winkte der Sänger clownhaft mit einem Tuche und sandte mit weinrauher Kehle einen rührseligen Abschiedskantus hinter ihnen her durch die tiefe Islandsstille. Lang und stumm ragte an seiner Seite der Dichter. Jetzt bogen sie um den Walfänger herum und Dunkel umfing sie.

»Famos war's,« schwelgte Thyri. Sie sprach isländisch. »Mein Dicker wollte zwar zutraulich werden, als er hinter mir zur Kommandobrücke hinaufkletterte, und faßte mich an die Waden. Hab ihm aber Bescheid getan. Da ist er vernünftig und sehr spaßig geworden.«

»Der Dichter war sehr lieb,« sagte Asta. »Er hat die ganze Zeit meine beiden Hände gehalten und mich angesehen. Und immer geflüstert: »Du Norne – du Norne.«

»Hm,« machte Thyri, »es bleibt Temperamentssache, das spannend zu finden. Und grade Norne! Aber du, Helga, du bist ja so still?«

»Laßt mich,« bat sie leise, »ich kann nicht sprechen von dem Glücke dieser Nacht.«

6

Spät am nächsten Morgen trat Herr Schlegel, der Tenor, in den offenen Türrahmen der Kabine seines Wirtes. Foehre saß auf dem Kojenrand und bot sein seifenbeschäumtes Gesicht den rasierenden Händen des unbeweglichen Diners.

»Morjen, Karle,« gähnte der Dicke. »Gut geschlafen?«

Foehre machte eine Bewegung mit dem Bein, die als Bejahung gelten konnte. Sprechen durfte er nicht, das Messer saß ihm an der Kehle.

»Was fangen wir heute an?« fuhr Schlegel, die Zeichensprache richtig deutend, fort. »Weißt du was: das Beste ist, wir geben Dampf und gondeln fort von diesem stumpfsinnigen Neste.«

Foehres Fuß gab einen heftig verneinenden Stoß.

»Was wollen wir denn noch hier in diesem Fischloch? Naturschönheit ist nicht und Betrieb ist auch nicht. Mein Bedarf an Island ist gedeckt, kann ich dir sagen. Mit den Mädels ist ja doch nichts Vernünftiges anzufangen.«

Foehre wusch sich die Reste des Schaumes vom Gesicht. Geräuschlos ging der Diener. Jetzt wandte sich der Jachtbesitzer dem Sänger zu, frottierte mit einem weichen Tuche zärtlich die Backen und sagte: »Deine Schuld. Grade jetzt fängt Island an, mir sehr zu behagen.«

»Das glaube ich. Der zerknitterte Schleier gestern abend –«

»Bedaure, wenn du weniger Glück gehabt hast.«

»I Glück! Hab du Glück, wenn sie dir gleich eine Ohrfeige anbietet.«

»Derartige Offerten braucht man nicht akzeptieren.«

»Du hast gut reden, wenn du dir immer das Beste 'rausgreifst.«

»Erlaube mal. Die Chancen waren für alle gleich.«

»Es war eben eine verrückte Idee, mein Bester, ohne Weiber in See zu gehen. Ich war von Anfang an dagegen.«

»Verzeih, wenn ich deine Ansicht nicht ganz teile.«

»Kunststück! Bist ja bisher ganz nett auf deine Kosten gekommen. In Kirkwall diese kleine Engländerin und hier diese blonde Isländerin –«

»Apropos, Dicker,« unterbrach Foehre, »du und Karo, ihr müßt heute abend verduften.«

»Was heißt – verduften?«

»Na, eben verduften.« Er machte eine bezeichnende Geste mit der Hand.

»Was, etwa wieder wie in Kirkwall?« empörte sich Herrn Schlegels aufwallendes Fett.

Foehre nickte.

»Ja, aber Menschenkind, willst du nicht gefälligst andeuten, wohin man hier verduften soll?«

»An Land.«

»An Land? Und dort? Wie denkst du dir so 'ne Landpartie bei Nacht? Was sollen wir an dieser gottverlassenen Küste nachts anfangen, he? Nicht 'n mal ein Café haben sie hier als kummervolle Zuflucht.«

»Macht, was ihr wollt. Setzt euch an die Mole und laßt die Beine ins Wasser baumeln. An Bord wünsche ich euch jedenfalls nicht zu begegnen.«

Foehre band gelassen seinen Schlips.

»Höre mal,« sprach da sehr laut der Tenor. »Du glaubst wohl, weil du uns auf deiner Jacht mitgenommen hast, kannst du uns wie die Hunde kujonieren? Ich muß mir das sehr verbitten.«

»Verbitte es dir, so sehr du nur kannst,« schlug Foehre entgegenkommend vor und prüfte mit zusammengekniffenem Auge den Sitz der Krawatte.

»Da hört doch – da hört doch –!« schnappte Schlegel nach Worten.

Jetzt wuchs der Dichter in der Türöffnung empor.

»Guten Morgen,« entbot er. »Zankt ihr schon wieder? Seht doch lieber zum Fenster hinaus. Ich gehe schon stundenlang auf Deck einher. Es ist heute nicht sehr klar. Aber dieses Bild! Immer erscheint es wieder neu. Nur vom Schiff aus ist Reykjavik schön. Diese, von den frostzernagten schwarzen Bergen rings eingeschlossene Bucht! Und rechts die kleine Stadt in ihrer lieblichen Buntheit. Wie Spielzeug stehen die weißen Wellblechhäuser mit ihren roten Dächern auf dem grünen Plane. Und nirgends ein Baum. Und diese Grellheit der Farben in dieser klaren Luft, trotz des düsteren Wetters. Und –«

»Sind Sie bald fertig?« erkundigte sich Foehre jäh.

Karos Mund klappte mit dumpfem Glucksen zu. Schlegel aber benutzte die Gelegenheit, seinem Zorn neuen Luftvorrat einzupumpen.

»Du, Anton,« rief er grimmfunkelnd, »wir sollen heute abend wieder mal an Land, wie in Kirkwall. Verstehst du?«

Der Dichter verstand. Er faltete seine großen knochigen Hände über seinem Schoße und bat: »Lieber Herr Foehre, tun Sie dieses nicht. Nicht an diesem prächtigen Geschöpf. Nächst Fräulein Asta erscheint sie mir die Herrlichste, die mir je begegnet ist. Es gibt so viele Mädchen in der weiten Welt. Muß es grade diese – diese – wie soll ich sagen – Verkörperung der Firne und Lieblichkeit Islands sein?«

Da konnte der Dicke sich nicht enthalten, einzuspringen. »Ja, Bester,« sagte er mit drolligem Ernste, »grade diese ›Verkörperung‹ ist es doch, die ihn lockt.«

Foehre lachte.

»Lassen Sie jetzt die Witze,« Karo schüttelte die Mähne. »Die Sache ist mir bitter ernst. Herr Foehre, dazu sind Sie nicht imstande.«

»Hast du 'ne Ahnung!« grinste der Sänger.

»Dann werde ich das Mädchen warnen.« So bestimmt hatte der Dichter noch nie gesprochen.

»Das werden Sie nicht!« Foehre blitzte ihn drohend an.

»Ich werde es,« trotzte er.

Ein tückischer Blick flackerte auf in Foehres weichen Verführeraugen.

»Das ist der Dank dafür,« brach er los, »daß man euch in der Welt spazieren fährt. Aber ihr habt ja recht. Was muß ich euch auch mitnehmen! Doch nun habe ich es satt. Jetzt geht es nach Norwegen hinüber. Und dann hinaus mit euch. Ich habe es bis hier oben, mich mit euch Künstlerbrut zu katzbalgen.«

Der gekränkte Dichter hob redeverkündend den langen Arm. Schlegel aber gab ihm einen heimlichen Knuff und raunte: »Halt's Maul!«

Was hatte es für einen Sinn, den Mann da zu reizen? Jetzt im Sommer fand er doch kein Engagement. Und der Lange? Hatte der in Berlin überhaupt zu beißen? Also: Wisch über den Mund und schweigen! Es war, trotz allem, doch immerhin ganz angenehm, in der Welt herum zu kutschieren und gratis gut verpflegt zu sein.

Er lenkte also weltweise mit einem Witzwort ein: »Was geht es uns an, Karo? Und dann? Handelt er nicht vielleicht für ganz Island segenbringend. Es gibt hier keinen Baum. Na, am Ende pflanzt er hier – eine kleine Foehre.«

Und lachend trollte er sich hinaus, den Langhaarigen im Schlepptau. –

Später am Tage trafen sie die drei Mädchen drüben an der Landungsbrücke.

Helga Helaason war bleich, und ihre klaren Augen brannten heute im Fieberglanz. Kein milder Schlaf hatte ihr aufgescheuchtes Blut besänftigt. Sie hatte mit wachen Augen zur niedrigen Decke emporgestarrt, und aus dem Dunkel des Zimmers war sein Gesicht herausgewachsen, deutlich greifbar, wie es sich an der Reeling neben ihr von dem Himmelsgrunde abgehoben hatte. Sie hörte wieder seine einschmeichelnde zärtliche Stimme, linde, liebkosende Worte flüstern in ihr glückserstaunt aufhorchendes Ohr.

So lag sie, und die Liebe kam zu Helga Helaason. Ein weiches Verlangen ergriff sie, diesen feingeformten klugen Kopf an die Brust zu pressen und die Arme bergend um seinen Nacken zu verranken und ihn mit ihrem Körper zu schirmen gegen alles Ungemach und alle Gefahren des Lebens. So kam die Liebe in dieser Nacht zu Helga Helaason, keusch und voller Leidenschaft, voller Mütterlichkeit und hingebend, wie die erste Liebe zu solch starkem, vom Leben unberührtem Mädchen kommt.

Den Schlaf scheuchend tropfte aus dem Glücksstrom, in dem sie trieb, die Frage nach der Zukunft in ihr Bewußtsein. Ob er sie bitten würde, mit ihm hinauszufahren in seine Welt? Und würde sie ihm folgen, wenn er sie fragen sollte? Oder mußte sie Form und Verbriefung fordern?

Sie tastete nur scheu an diese Frage. Sie wagte noch die Entscheidung nicht. Doch tief im Unterbewußtsein wußte sie längst, daß sie ihm ohne Zögern, ohne Bedenken, ohne Schwanken folgen würde hinaus in sein farbenprangendes Leben. Das mußte sie, weil sie ihn liebte und weil sie seinem edlen Menschentume blind vertraute. Und ganz, ganz fern lag wie ein schüchternes Ahnen ihr kommendes Märchenleben als Frau Helga Helaason-Foehre zu Berlin.

Es war ein traulich geheimes Zulächeln zwischen ihnen an diesem Vormittage und später am Tage, als die drei Herren bei Frau Asmundsdatter isländische Gastfreundschaft genossen. Der Nachmittag verstrich.

Während Foehre noch über eine List grübelte, die es ihm ermöglichte, Helga heute allein zu Gaste zu bitten, flüsterte Schlegel in einem unbeobachteten Augenblicke ihm schon die eben erklügelte Neuigkeit zu, daß Asta und Thyris Abend vergeben sei.

Da lud er die drei Mädchen zum Diner auf die Jacht.

»Heute abend geht es leider nicht,« bedauerte Thyri ehrlich.»Ich habe schon vorhin Herrn Schlegel erzählt, daß wir heute Probe in unserm Gesangverein haben, Asta und ich.«

Schlegel bestätigte nickend die Mitteilung.

»Es wird dort sehr gute Musik gemacht,« erläuterte Asta.»Wir geben auch mehrere Konzerte im Jahre. Schade, daß Sie keins anhören können.«

»Das wird kaum angehen,« lächelte Foehre,»denn wir werden wohl morgen mittag abfahren. Umso mehr bedaure ich, daß wir heute nicht die Freude haben sollen, Sie noch einmal bei uns –«

»Helga kann ja kommen,« schlug Thyri mit einem kleinen Schalklächeln vor.

Helga zögerte sekundenlang. Da ermunterte Frau Asmundsdatter den jungen Gast:»Geh nur, Helga. Den Gesangverein kannst du dein ganzes Leben lang haben. Aber ob dir solch Vergnügen wie die Gesellschaft dieser drei liebenswürdigen Herren noch oft vergönnt sein wird –«

Die »liebenswürdigen Herren« verbeugten sich verbindlich. Und Helga willigte freudebeklommen ein. – Heute kam sie in ihrem schlichten blauen Kleide. Foehre empfing sie, gleichfalls im Straßenanzuge, und führte sie in den Salon. Als er ihr den Mantel behutsam von den Schultern nahm, sagte er leichthin:»Denke dir, Helga, die beiden andern sind vorhin heimlich davongefahren. Ich glaube, es zog sie zu ihren Freundinnen in den Gesangverein.«

»So?« lächelte sie schelmisch und strich mit der flachen Hand über das Haar.»Desto schöner wird das Alleinsein werden.«

Das Beisammensein mit einem Manne war ihr nichts ungewohnt Befremdendes. In Island gilt, wie in England und Amerika, der Mann nicht unbedingt jedem unbewachten Mädchen als lichterlohe Versuchung.

Dann saßen sie einander traulich plaudernd gegenüber. Der Diener entfernte sich heute, wenn er die Speisen aufgetragen hatte. Foehre erzählte angeregt von seinem Leben, seiner Villa im Grunewald mit ihren verschwiegenen Ecken, seinen Vollblutpferden, seinem Luxusauto und seinem Rennwagen, den Gesellschaften und Bällen, die er veranstaltete und besuchte, und ließ durchblicken, daß er ein wenig Salonlöwe war und ein wenig verzogener Liebling der Damen. Das war die Wahrheit. Und sie lauschte wie einst Desdemona der Eroika Othellos gelauscht hat, und trank in der Erregung unbedacht den Sekt, den er ihr immer wieder eingoß. Und lächelte glückselig gewährend, wenn er ihre Hand über den Tisch hinweg küßte.

Dann saßen sie auf dem zierlichen Diwan im Salon, und wieder sprach er von seiner Sehnsucht nach der Einen, die er hier gefunden habe – hinter der Welt. Da strahlten ihre feuchten Augen wieder hüllenlos ihr staunendes Glück. Nie hatte er solch keusches Erglühen gesehen.

»Bis zum fernen Tule mußte ich ruhelos wandern, bis ich dich traf,« raunte er, selbst ehrlich ergriffen. »Dich in deiner lauteren Weiblichkeit und rührend herben Schönheit.« Da legte sie die blonde Schläfe an seinen schwarzen Kopf. Und plötzlich lag sein Gesicht an ihrer Brust. Wie in ihren nächtlichen wachen Träumen schlug sie die Arme bergend um seinen Nacken und preßte seinen küssenden Mund an ihre hastig atmende Brust. Da umfaßte und bedrängte er sie.

Sie bat mit ernsten Augen. »Sei gut, du Lieber, komm, komm, sei gut.« Und streichelte ihm begütigend das Haar. Sein Ungestüm wuchs. Und ihr Kopf war schwer vom Weine und von aufgerüttelter Jugend.

»Sei gut, mein Junge,« flüsterte sie an seinem Halse, »sei doch gut!«

Er bat und bettelte und flehte mit Glühfunken verzogener ungeduldiger Wildheit in den schwarzen Augen und begehrte sie ehrlich männlich, wie vielleicht nie zuvor in seinem lasterhaften Leben. Erschütternd und hold war ihr Versagen voller Güte.

»Sei gut, sei gut, bald bin ich dein Weib,« stammelte sie, »warte, mein guter Junge. Dann – dann – bitte – sei gut – sei gut –!!«

Da setzte er sich ergrimmt in die Ecke des Diwans zurück und zürnte verbissen. Jetzt schossen dem jungen Weibe die Tränen des Mitleids in die dunklen blauen Augen. Sie nahm ihn begütigend bei der Hand und zog ihn mild gewährend zu sich nieder. Und gab ihm ihre Jugend und ihre Keuschheit und ihre aufgedämmte Leidenschaft.

Es war spät, als er ihr den Mantel um die Schultern schmiegte. Sie legte den Arm um seinen Hals und wehrte leise: »Du hast nicht zu danken. Nur ich. Nur ich. Du sprengst meinen Käfig und schenkst mir die Freiheit und das Leben. Und nun sag, du mein Licht, wann soll ich morgen kommen?«

»Morgen?« überlegte er.

»Du sagtest, du fährst um Mittag. Wann soll ich an Bord kommen?«

»An Bord?« fragte er verständnislos, sich vergessend.

»Ja,« lächelte sie, »ich muß doch wohl an Bord kommen, wenn ich mitfahre, mein Erlöser.«

Da hatte er sich schon gefaßt und gefunden.

»Komm um zwölf Uhr,« sagte er fest, »und wie ist es mit deinen Sachen?«

Sie drückte das Gesicht verschämt an seine Schulter.

»Du, eine Märchenprinzessin hast du nicht erbeutet, mein Trolle. Viel besitze ich nicht. Mein ganzes Gut birgt ein kleiner Mantelsack.«

»Das schadet doch nichts,« lachte er gezwungen. »Wir fahren geraden Wegs nach Hamburg. Und dort verzaubere ich mein blondes Islandsmärchen zu einer europäischen Wirklichkeit.«

Sie preßte sich noch einmal an ihn, wuchs leidenschaftlich mit ihm zusammen. Dann riß sie sich los.

Er geleitete sie im Boot an Land. Sie kauerten still beieinander, beengt durch die Mannschaft, und fühlten ihre leise berührenden Körper. Helga sah hinaus in die Nacht. Schwarz und gespenstisch reckten die Berge die Häupter über die Stadt herein. Der ewige Schnee auf ihrem Scheitel leuchtete geisterhaft. Dunkel und tot schlief die kleine Stadt.

»Wie liebe ich dieses Land,« sagte sie plötzlich auf französisch.

Da fragte er mit sorgender Stimme, doch lauernden Augen: »Helga, ihr Isländer liebt eure Heimat so innig zäh. Weißt du auch gewiß, daß du die Trennung auf immer wirst ertragen können?«

Groß schlug sie die Augen zu ihm auf. »Ach, Lieber, es ist ja nur der Abschied, der mir mein Land so schmerzhaft ans Herz preßt. Aber auch wenn ich mit allen Wurzeln meiner Liebe hier ankerte, ich würde dir folgen, wohin du gehst.«

Er schwieg in kalter Feigheit.

Dann wetzte das Boot die Bohlen der Brücke. Sie schwang sich gewandt hinauf, reichte ihm noch einmal die heiße Hand, flüsterte: »Morgen Punkt zwölf stehe ich hier,« und eilte davon, die schwarze Posthusstraeti hinan.

An der Ecke wandte sie sich noch einmal zurück und verfolgte mit beschützenden Augen das weiße Boot, das wie ein bleicher Schatten ins Meer hinausglitt. Und einen freudigen Gruß sandte sie hinüber zu dem einsamen grünen Lichte draußen auf der Reede. Das war das Toplicht ihrer Jacht, ihrer sehnsuchtsumzauberten weißen Jacht, die nun ihr Heim geworden war. –

Als Helga das Licht anzündete, erwachte Asta.

»War's schön?« fragte sie halb träumend.

»Sehr schön, Asta. Aber schlafe weiter.«

Doch als sie das Kleid abgelegt hatte, wogte plötzlich das Glücksbewußtsein so schwellend über sie hin, daß sie dem Überschwang in ihrer Brust durch Mitteilung Lust schaffen mußte. Leise fragte sie: »Schläfst du, Asta?«

»Nein, Helga.«

Da setzte sie sich auf Astas Bett und sagte: »Asta, er nimmt mich mit!«

»Wer?« fragte Asta mit geschlossenen Augen und traumumfangenem Sinn.

»Karl Foehre.«

»Wer?«

Die großen nordischen Lichter leuchteten auf.

»Er nimmt mich mit auf seiner Jacht nach Deutschland.«

Asta blickte schlaftrunken drein.

»Er liebt mich,« erläuterte Helga leise. »Und ich liebe ihn – so sehr.«

Da hatte die Freundin begriffen.

»Aber, Helga, das – du sollst sein Weib werden?«

Jetzt sah sie Helgas halbgelösten wirren Haare, sah ihre schwimmenden Augen und ihren feuchten liebeswarmen Mund. Und da sagte dieses Kind eines Volkes, das so dicht in dunklen Stuben beisammen wohnt, daß ihm das Menschlichste nicht fremd bleibt: »Ja, Helga, ich sehe, daß er dich nun heiraten wird.«

Sie nahm das große Mädchen in die Arme, drückte seine Stirn an ihren Busen und ließ, wie eine Mutter, die Freundin, der das ewig heilige Frauenschicksal genaht war, ihr Glück und ihre junge Seligkeit an ihrer Brust ausweinen.

Als Helga nur noch leise verklingend schluchzte, bedachte Asta: »Was wird dein Vater sagen?«

»Fragen kann ich ihn nicht, wir fahren morgen. Es hätte auch keinen Zweck, denn er würde mir nie gestatten, in die Fremde zu gehen.«

»Auch nicht als das Weib eines Fremden?« erwog Asta ernst.

Helga schüttelte den Kopf: »Er hat seine bösen Erinnerungen, wenn Frauen in die Fremde kommen,« sagte sie. »Ich werde ihm morgen schreiben, ehe ich fortgehe.«

»Morgen gehst du schon?« Asta zog die bleichen Brauen empor.

»Ja, morgen mittag.«

»Weshalb solche Eile?« Asta wiegte bedenklich ihr blondes Haupt. »Wenn man ein Mädchen aus seinem Lande führt, sollte man ihm doch einige Zeit lassen, sich –«

»Ich brauche keine Zeit,« trotzte Helga. »Ich bin bereit. So lange bereit! Aber glaube nicht, daß ich euch und Vater und mein armes herrliches Island vergessen werde. Jeden Sommer werden wir euch in unsrer Jacht besuchen, das hat er mir versprochen. Ach, Asta, er ist – so gut und so zart ist er! Wie ein Junge ist er bisweilen, dessen Kopf man nimmt und an die Brust drückt. So ist er im Grunde.«

»Ich freue mich sehr für dich, Helga,« sagte Asta innig. Doch eine rechte Freude kam in ihr nicht auf.

»Und zur Hochzeit muß Vater nach Berlin kommen. Und du und Thyri auch,« schwärmte Helga.

»Warum läßt er sich nicht hier mit dir trauen?« fragte Asta sachlich.

»Aber Asta, glaubst du, man spricht gleich haarklein über alles das, wenn man sich liebt! Asta, Mädel, wie bist du schwerfällig!«

»Du mußt mich schon nehmen, wie ich bin,« meinte sie, ohne Spur von Gekränktheit.

Da herzte sie Helga stürmisch. »Will ich auch, mein prächtiges schwerfälliges Islandmädel. Aber, bedenke doch, selbst wenn er es wollte. Wir könnten es doch nicht ohne Vaters Zustimmung. Und ist es denn nicht gleichgültig, wie ich mit ihm fahre! Sein Weib bin ich und bleibe ich nun für alle Zeiten. Du weißt ja nicht, Asta, was er mir ist. Das kannst du gar nicht wissen. Du denkst: ich habe mich in einen hübschen feinen Menschen verliebt. Basta. Nein, sage ich dir. Ich habe mich nach ihm gesehnt, schon damals, als wir hier zur Schule gingen. Ja, damals schon. Und nun ist er gekommen, lang erhofft und doch lebensfern wie eine Saga. Da soll ich erst warten und zaudern und ihn wochenlang hinhalten, bis die Aufgebotsfrist verronnen ist? – Asta! Freundin!«

Da sprang Asta aus dem Bett, küßte sie innig auf den Mund und sagte: »Es hat wohl keinen Sinn, dir abzuraten, denn du bist entschlossen.«

»Ja, das bin ich,« frohlockte sie.

»Dann wünsche ich dir viel Glück in der Fremde, und vergiß dein Island nicht.«

Und nun entkleidete sie das kräftige schlanke junge Weib behutsam und zart, als wäre sein Körper geweiht und geheiligt von seinem Glücke und von seinem Erlebnis.

Friedlich und schicksalsgeborgen schlief Helga Helaason diese Nacht bis tief in den Tag hinein.

Dann kam Thyri Thorarinsson und erfuhr das erregende Geheimnis. Sie reichte der Freundin frank und fest die Hand, gab ihr einen herzhaften Kuß und sagte: »Heil, Helga!«

Sie beschlossen, Frau Asmundsdatter Helgas Abfahrt zu verschweigen. Denn sie fürchteten, sie könne in einem bedachtsamen

Verantwortlichkeitsgefühle gegen den Bezirkshauptmann den Gast zurückhalten.

Helga packte ihre Sachen und schrieb den Brief an den Vater. Asta wollte ihn später zur Post bringen. Doch Helga sagte: »Nein, Asta, ich nehme ihn selbst. Ihr sollt nichts damit zu tun haben. Daß keine Vorwürfe euch treffen. Denn viele werden meinen, ich habe etwas Unrechtes getan. Dabei ist es so gut und recht. – Aber lassen wir sie. Doch ihr sollt nicht hineingezogen werden. Ich will auch nicht, daß ihr zum Hafen kommt. Ganz allein gehe ich davon und trage allein meine herrliche Verantwortung.«

Nach einigem Sträuben fügten die Freundinnen sich darein.

Dann saßen sie in Astas Stube beisammen und plauderten in nervöser Erwartung. Ganz langsam schwanden die Stunden. Von der Schulzeit sprachen sie und von tausend kleinen wichtigen Backfischerlebnissen. Sie mußten versprechen, sofort nach Berlin zu telegraphieren, wenn die Liebe auch zu ihnen gekommen war. Ja, ja. Und über alles wollten sie schreiben, und ein herzliches Band sollte sich knüpfen weit über das Meer. Ja – ja.

Die Uhr der Kathedrale schlug.

Sie fuhren empor. Nein, es war erst elf. »Grüß mir den Dicken,« scherzte Thyri. »Sei gut zu dem Dichter,« bat Asta heiser.

Sie ging in den Stall, von Gràni Abschied zu nehmen. Das Pony wieherte hellauf und wandte freudig den Kopf mit der struppigen Mähne, als die junge Herrin eintrat. Mit blanken Tränen in den Augen küßte sie das weiche schwarz-rosige Maul.

»Leb wohl, mein Gràni. Leb wohl. Und Hab Dank, du Treuer. Weißt du noch, wie wir im Sandmeer auf die Nacht warteten? Weißt du das noch?«

Das kluge Tier blickte sie an, als ob es noch wisse von jenem Stieben durch die gespenstische Dämmerung.

»Sorgt mir für Gràni,« bat sie. »Und wenn ich wiederkomme, Gràni –!« Eine bange vorahnende Freude über diesen ersten Ritt ins stille Land hinein siedete mit heißen Tränen in ihr auf.

Und plötzlich war es fast zwölf geworden. Sie eilten ins Haus, Thyri stand Wache, daß keiner sie überrasche. Hurtig, ohne rechten

Abschied rannte Helga, den Mantelsack in der Hand, zum Hause hinaus.

Fast laufend hastete sie an dem murmelnden Bach der Laekjargata hinab, an der Post in der Posthusstraeti warf sie den Brief in den Kasten und eilte weiter zum Hafen. Ihre Erregung war so heftig, daß die Knie matt in den Gelenken nachgaben.

Dann kam sie zur Brücke. Ihr erster Blick glitt hinaus auf die Reede.

Wie? Wie denn –? Sie fuhr mit der freien Hand über die Augen. Was denn? Was war das bloß mit ihren Augen? Ja – was denn? Was denn? Dort neben Arni Einarssons Walfänger – mein Gott – dort war doch die Stelle –. Täuschte diese graue schwebende Luft –? Sie sah doch ganz klar den rauchenden Walfänger. – Ob die Jacht an eine andre Stelle des Hafens –?

Helga blickte rundum. Mancherlei Schiffe lagen da, große und kleine, lichte und dunkle – nirgends die weiße Jacht.

Da schlug es zwölf vom Dach der Kathedrale. Jäh fiel dem Mädchen ein, daß nun doch das Boot an der Brücke liegen müßte, sie zu holen.

Boote lagen da – große und kleine – lichte und dunkle, nicht das wohlbekannte weiße Boot mit dem deutschen Fähnchen.

Und da – da hatte Helga Helaason eine furchtbare aufklärende Vision. – Ihr weiches, von der Erwartung verklärtes Gesicht versteinerte. Wie eine Brise hob das Entsetzen die blonden Haare aus der Stirn. Wie ein Marmorpilaster stand sie sekundenlang steif aufrecht, schwankte dann auf den Sohlen wie ein Pendel hin und zurück – fühlte plötzlich die Beine nicht mehr unter den Schenkeln und schlug hart mit den Knien auf das Steinpflaster.

Dort lag sie hilflos mit aufgestützten Händen, bis ein Bootsmann herzulief und sie emporrichtete.

»Sind Sie krank?« fragte er teilnehmend.

»Nein, nein,« sie schüttelte den hohlen Kopf und hockte kraftlos auf einem Warenballen nieder. Hier saß sie mit schlotternden Knien, den Kopf in den Nacken verschrumpft, die stumpf erloschenen Augen starr auf den Fleck im Meer gerichtet, an dem gestern die weiße Jacht gelegen hatte. Den Mantelsack hielt sie mit der Linken umkrampft.

So saß sie ohne lebendige Gedanken, ohne blutdurchrieseltes Gefühl. Im Hirn, in der Brust, im Magen war eine Leere, in der eine drohende Übelkeit sich wand. Dann brach ein zermartertes ungezügeltes Stöhnen zwischen den krampfig verbissenen Zähnen hervor. Ihre Arme zitterten, der Mantelsack schlug dumpf an die Seite des Ballens, auf dem sie kauerte. Der Oberkörper bog sich in den Hüften vorn über, daß die Brüste sich an den Knien breit preßten. Ein Winseln pfiff aus ihrem Munde.

Blutig war ihr Verstehen erwacht. Wie ein haarscharfes Messer schnitt das Begreifen ihrer Lage in die Geweide und zog ihren Leib wie eine Spirale zusammen. Als ein das Hirn zerspaltender Hieb war mitten in den Schädel hinein die Erkenntnis eingeschlagen, daß er sich davongeschlichen hatte wie ein Dieb in der Nacht.

Schattenhaft sah sie plötzlich den verräterischen Zug um seine lüsternen Lippen, so deutlich, daß sie nicht begriff, wie sie den Worten aus diesem Munde –

Sie heulte auf wie ein Tier, dem die Kugel in die Flanke schlägt. – Von diesem Schurken hatte sie ihre Sehnsucht und ihr Leben besudeln lassen –!

Und zischend kochte das uralte Wikingerblut der Helaasons von Hlibarendi in ihrer späten Tochter auf. Rotquellend füllten sich die Äderchen in den Augen, der Busen schwoll gegen das wollene Kleid, die Hand ballte sich ehern um den Halter des Sackes.

Rache – Rache dem Schurken! Das ihr – ihr – Helga Helaason – ihr! Die starken Zähne malmten, die Haare irrten wild um ihre Schläfen – ein grausamer unerbittlicher mordgieriger Zug grub sich tief um die bebenden Nasenflügel. Es röchelte vor bluttrunkenem Hasse in ihrer ausgedorrten Kehle. Erwürgen – mit ihren Händen ihn erwürgen, diesen Hund – ihn jagen und mit Knütteln erschlagen, diesen tückischen, hinterhältigen, bissigen, feigen Hund, der sie Liebe heuchelnd genommen und fortgeworfen hatte wie einen schmutzigen Lappen.

Sie sprang in ein Boot, ließ sich zu dem dunklen Walfänger hinüberrudern.

Ihr Hirn war kalt und klar.

Ihm nach – ihm nach! Ihn aufspüren auf seiner Flucht, ihn herauszerren aus der weichlichen Pracht seines Schiffes und ihm das Hirn zerschellen an der Reling seiner Jacht. Diesem Lügner, der sie berührt hatte! Ihr ekelte vor ihrem Körper, den dieser feige Lump entweiht hatte, der nachts von seinen heiligsten Pflichten geschlichen war.

Zornige Scham strudelte in ihr auf bei dem Gedanken, daß sie sich diesem Menschen preisgegeben hatte, sie, sie, die stolze Helga Helaason von Hlibarendi, der Stolz ihres Landes, diesem verruchten Feigling. Ein blutiger Schleier flatterte vor ihren Augen.

Ihm nach, ihm nach! Ihm zeigen, daß man ein Islandmädchen nicht nehmen darf und hinwerfen wie einen verbrauchten schmutzigen Lappen. Ihm nach – ihm nach!

Jetzt war das Boot dicht bei dem schwarzen kleinen Waldampfer. Er lag unter Dampf, zur Abfahrt bereit. An der Reling stand niemand. Helga lohnte den Bootsmann ab und klomm behende die herabhängende Strickleiter hinauf, sich mit der Rechten anklammernd und mit den Zähnen festbeißend. In der Linken hielt sie noch immer krampfhaft ihren Mantelsack.

Gelassen ruderte der Bootsmann von hinnen.

Helga blickte sich um. Auf Deck war keiner. Doch aus der Tiefe des Raumes klangen Stimmen. Dort saßen sie wohl beim Essen. Es war Mittagszeit.

Sie legte die Tasche auf die Planken des Verdecks, beugte sich unter dem niedrigen Zulaß hindurch und stieg die schmutzige kleine eiserne Treppe hinunter.

»Nanu, was trippelt denn da?« fragte Jon Jonssons brummige Baßstimme.

Da schrie der junge Harpunier Arni Einarsson gellend auf. Wie ein lang zurückgehaltener Jubel brach es hervor: »Helga Helaason! Du?«

Sie stand in dem matt erleuchteten Raume.

Arni stierte zu ihr empor. Vor freudevollem Schreck vergaß er sich zu erheben. Worte fand er nicht. Da sagte der alte Jon Jonsson: »Womit können wir Ihnen helfen, Helga Helaason? Denn Sie sehen aus, als ob Sie Hilfe brauchten.«

»Ich muß mit dir sprechen, Arni,« stieß sie hervor.

Da war Arni aus der Bank heraus, stand bei ihr und stammelte: »Sprechen, Helga? Sprechen? Komm – Helga.«

Und zog sie hastig mit sich fort, die Treppe hinauf. Alles Leid, das ihm das Mädchen angetan hatte, war vergessen, die Liebe schlug prasselnd über ihm zusammen, jetzt, da sie zu ihm gekommen war und mit ihm sprechen wollte.

Als sie oben auf Deck standen, sagte Helga kraß, ohne jede Umschweife: »Arni, ich bin gekommen, dich um einen großen Dienst zu bitten.«

»Ja,« nickte Arni, bebend vor Erwartung.

»Du bist auch aus Hlidarendi. Du wirst nicht dulden, daß man mir blutigen Schimpf antut.«

»Schimpf – dir! Wer hat–?«

Die Ader an seinem Halse ward zu einem blauen Tau.

»Arni, ich war nicht immer gut zu dir. – Ich weiß das. Ich habe unsre Jugendliebe verraten. Aber heut – da es meine Ehre gilt –«

»Sprich, Helga!« Er tastete unbewußt nach dem Walmesser im Gurt.

»Der Mann von der weißen Jacht–«

»Ah,« gurgelte es in Arnis Kehle. Er hatte den Menschen alle diese Tage erdrosseln wollen, wenn er sah, daß Helga zur Jacht hinüber fuhr.

»Er hat mir gesagt, er wolle mich heiraten –«

Arni schwankte wie ein schwebender Balken –

»Er hat mich mitnehmen wollen nach Deutschland –«

Arni zischte wie eine Rakete –

»Er hat mich – ja, Arni, er hat mich – ich habe mich –«

Da warf Arni Einarsson die Arme in die Luft und schrie:»Nein –
nein – Helga – nein – nein –!«

»Doch, Arni. Ich sollte sein Weib werden. Er hat es mir geschwo-
ren. Und ich – habe – ich glaubte ihm –«

Arni röchelte, als stecke ihm ein Pfeil in der Kehle.

»Heut um zwölf sollte ich an Bord kommen.«

Da puffte Arni Einarsson den Zeigefinger wie ein Irrer hinaus auf
das Meer. –»Fort – fort –?« flüsterte er mit verzerrten Lippen.

Helga nickte.

Jetzt packte Arni Einarsson das junge Weib an beiden Schultern
und schüttelte es, daß der Kopf hilflos auf dem Halse schlotterte,
und klagte:»Helga – Helga!«

Sie schwieg.

Jäh ließ er sie los und brüllte in den Raum hinab:»Jonsson –
Freunde – he – he –!«

Es polterte schwerfällig die Eisenstiege herauf.

»Jon Jonsson und du, Bjarni Thorlaksson, ihr müßt mir helfen.
Der Schuft da, der Weiße, hat Helga betrogen. Die Ehe hat er ihr
versprochen – betört hat der Hund sie,« er ächzte und spuckte Blut
auf das Verdeck –»und ausgerissen ist er – heimlich – jetzt sollte sie
an Bord kommen – nach Deutschland wollte er sie mitnehmen und
heiraten – und fortgeschlichen ist er –«

Er schnappte nach Atem wie eine Makrele am Angelhaken.

Jon Jonsson wiegte stumm den grauen Kopf.

Der junge Maschinist Bjarni Thorlaksson aber sagte:»O weh –!«

»Wir wollen ihm nach,« rief Arni wild,»ihn rammen mit der ganzen Brut. – Mitten durch die Jacht schmettern mit unserm Eisen-
kiel.«

»Er hat einen weiten Vorsprung,« erwog Thorlaksson.»Heut früh
um sechs ist er hinaus gegangen. Ich hab ihn gesehen.«

Da umkrallte Arni des Maschinisten Arm:»Bjarni, bei unsrer alten Freundschaft, du machst es. Laß den Kessel springen. – Wir

können wie der Sturm sausen mit unsrem kleinen Boot. Die Jacht läuft gut – ich habe sie beim Auslaufen beobachtet. – Aber in zehn Stunden haben wir sie.«

»Und dann?« fragte der Alte.

»Dann rennen wir sie über den Haufen.«

»Das ist – Mord.«

»Rache ist es,« flammte Helga auf. »Isländische Rache.« –

»Laß es sein, was es will,« schrie Arni dazwischen. »Die Ehre gilt's – auch deine, Jon Jonsson. Islands Ehre gilt's.«

»Er hat recht,« nickte Bjarni.

»Ja – ja,« bedachte Jon Jonsson, »gewiß – gewiß. Der Bursche verdient's, daß wir ihm unsern Bug ins Eingeweide rennen. Aber – nachher? Zuchthaus setzt es.«

»Laß es setzen!« Hitzig stampfte Arni den Fuß auf.

»Die Gefahr ist nicht so groß,« überlegte Bjarni. »Der dänische Wachtkreuzer ist im Norden der Insel, das weiß ich. Wir fahren nachts mit abgeblendeten Lichtern auf die Jacht ein – in zehn Sekunden versackt sie mit Mann und Maus – kein Hahn wird mehr in unsern Gewässern nach dem verschwundenen weißen Schiff krähen.«

Jonsson antwortete nicht. Auch er fühlte es in seinem alten nordischen Seemannsgemüt, daß diese tückische Schmach, die einem isländischen Mädchen widerfahren war, grausam gerächt werden mußte. Mußte! Das war Urväter Sitte.

Er fragte nur noch kurz: »Und Sie, Helga Helaason, wollen Sie an Bord bleiben?«

»Ja,« sagte sie grimmig-ruhig, »ich werde dabei sein.«

»Ich halte auf die Vestmänner zu,« rief er schon über das Geländer der Brücke. »Dort müssen sie durch.«

Da sprang Bjarni Thorlaksson hinunter zur Maschine.

»Ich heize mit Tran,« nickte er Helga zuversichtlich zu.

»Wir setzen auch Segel,« rief Arni und fegte zum Mast empor.

Drei Minuten später war der kleine Dampfer aus der Bucht und dem Fjorde hinaus und stob auf dem offenen Meere dahin. Und bald zitterte und krachte es in allen Fugen vom Brodeln der Kessel und überspanntem Rasen der Kolben. Der Wind fuhr in die Schonertakelei und hob das winzige Schiff fast aus den Wellen. Oft lag es sekundenlang so schräg im Winde, daß die Wellen ins Deck wie in eine Mulde hineinspülten. Vorwärts, vorwärts – atemlos – fiebernd – irrwischhastend.

Helga Helaason stand am auf- und niedersausenden Bug, preßte vorwärtsdrängend die Brust gegen die Reling, daß die Rippen sie schmerzten, spürte den knatternden Wind wohltuend kühl um ihre heiße Stirn brausen und hatte keinen klaren Gedanken. Sie hatte nur das Lustgefühl des Fliegens und wußte, daß sie dahinsauste, dem Schurken und ihrer Rache nach.

Wütende, sich überstürzende Wogen brachen über sie herein, rissen sie vom Bug zurück, zwangen sie auf die Knie. Sie richtete sich triefend auf und starrte wieder hinaus auf den bleigrauen Horizont.

Die See war grün, durchrissen von riesigen weißen Streifen. Möwen flogen gehetzt, ganz tief über dm Wogenkämmen dahingleitend. Ihr qualvoller Schrei durchgellte das Brausen der Fahrt.

Weiter ging's – immer weiter, dem Schurken nach. Ein besinnungsloses Dahinstürmen war es. Das Meer schauerte auf, wie in todesbanger Ahnung der kommenden grauenschweren Dinge. Welle auf Welle spülte über Bord, die eine die nächste jagend, daß Helga nicht Zeit blieb, das Salzwasser auszuspeien, ehe der nächste Schwall ihr wütend ins Gesicht schlug. Sie konnte die Augen nicht öffnen, nicht Ausschau halten, nicht Atem schöpfen, so stürmte die Flut auf sie ein. Doch sie raffte sich mit verbissener Kraft immer wieder zur Reling zurück und beugte sich weit vor und fegte dahin, vorwärts, vorwärts.

Auf Deck ging Arni Einarsson auf und nieder, die geballten Fäuste in den Hosentaschen. Stunde um Stunde. Jetzt, da die Segel gesetzt waren, gab es für ihn keine Arbeit. Sein Tätigkeitsbezirk an Bord war der Kampf mit dem Wale. Ihm lag das schwierige Werk des Harpunierens ob. Diese bangen Stunden der tobenden Hatz hatten für ihn keine Beschäftigung.

Bjarni Thorlaksson stand bei seiner Maschine und beobachtete wachsam ihren keuchenden Atem. Jon Jonsson verließ nur einmal die Brücke. Mit einer langen Stange hob er vorn am Kiel das Brett mit der weißen Nummer »Z 3« über Bord herein. Besser war besser. Es brauchte keiner zu wissen, wer da wie ein gescheuchtes schwarzes Gespenst durch die See spukte.

Der Nachmittag verrann. Der frühe Abend stieg grau aus dem aufgewühlten Meer. Helga Helaason hielt noch immer im Bug neben dem Geschütz die Wacht.

Da kam Arni zu ihr. Er trug balanzierend einen Topf Suppe vor sich her. »Hier,« sagte er bittend. Helga schüttelte den Kopf. »Danke, Arni. Ich kann nicht. Wann denkst du, werden wir ihn haben?«

»Gegen Mitternacht, Helga, vielleicht auch früher. Wir müssen bei Tageslicht noch durch die Vestmännerinseln, damit wir sehen, ob er sich nicht dort in einer Bucht verkrochen hat.«

Er stand unschlüssig. Wollte gern gehen, weil er zartfühlend empfand, daß seine Gegenwart ihr heute peinlich sein mußte, fand aber keinen passenden Abgang.

»Wenn du müde bist, Helga – meine Koje habe ich für dich hergerichtet. Dort findest du auch deine Reisetasche.«

»Dank dir, Arni. Ich bin nicht müde.«

Und nach einer Pause fügte sie bei: »Wenn er uns nur nicht vorher bemerkt!«

»Wir blenden alle Lichter ab,« belehrte er. »Und wenn er uns merkt! Was hilft ihm das! Wenn wir ihn erst gesichtet haben, entgeht er uns nicht.« Seine Augen glänzten angriffswild wie damals im Ansturm auf den Grönlandswal. »Unser Kiel, der die Eisschollen zu zerschneiden gewohnt ist – wie durch Talg werden wir durch ihn hindurchfetzen.«

Und dann bahnte er sich unbeholfen den Rückzug: »Ich werde dir die Suppe warm stellen, Helga, für später vielleicht.« Und ging davon.

Im letzten matten Schimmer des Tages zogen sie ihre dickqualmige Rauchfahne an den Vestmännerinseln vorüber. Groteske hohe Steinmassen mit weit auslaufenden gefährlichen Riffen hoben sich steil und drohend jäh aus dem Meere hervor. Zwischen ragenden glatten schwarzen Wänden ging es hin, auf engen grün durchbrandeten, schauerlich dunkel bedrohlichen Gassen.

Nie hatte Helga etwas so Dräuendes erlebt wie diese Vestmännerdurchfahrt im Einbruch der Nacht. Plötzlich klaffte in diese Unheimlichkeit hinein zur Rechten eine Lichtung, eine breite Helle strömte heraus auf das Meer: in sanftem Abendglanze träumte dort in grüner Au ein trauliches weißes Dorf mit abendrot-umflossener Kirche. Ein liebliches Idyll mitten im Meeresgrauen.

Wie die Falken durchforschten die beiden Seeleute an Bord die stille Bucht. Nein, dort war der Schuft nicht untergekrochen.

Vorwärts, vorwärts, hinaus in die brausende Dunkelheit!

Es war, als stoße das Schiff mit noch vergrimmterer Wucht in die schwarze Endlosigkeit dort draußen hinein.

Jetzt stand Arni Einarsson neben dem jungen Weibe am Geschütz, das spähende Glas am Auge. Der Mond kroch klein und blutig hervor. Vorwärts, vorwärts. Mit abgeblendeten Lichtern, wie das schwarze Schicksal, stürmte das Schiff voran.

Helga blickte sich sekundenlang um. Geisterhaft unklar umrissen huschte die Takelei hinter ihr her durch den grauschwarzen Luftraum. Jetzt glomm eine stille Helle zur Linken. Das war die Südküste Islands mit ihren nachtleuchtenden Riesengletschern. Ein bläulicher Luftschleier hing über den Felsenwänden, die steil ins Meer hinabsanken.

Dann stand grad voraus ein rotes Licht in der See. Ein kurzes Kommando hinab zur Maschine – Helga krallte sich ans Geschütz – das Blut sauste hellklingend in den Ohren – es war, als rissen die Nerven, sekundenlang war sie ohne Bewußtsein.

»Nichts,« Arni schüttelte den Kopf. »Holzdampfer nach Norwegen.«

Sie hetzten an ihm vorbei. Vorwärts – vorwärts – dem Schurken nach!

Und plötzlich wetterte grell durch Helga Helaasons Hirn der Gedanke, daß nicht nur er, der feige Hund, in den Wellen verrecken würde – nein, auch – sie sah das verträumte gute Gesicht des Dichters. – Und die lustige behäbige Beleibtheit des Sängers. Und die schuldlose Bemannung! – Eine lähmende Angst schraubte sie an ihren Platz. Mein Gott – mein Gott – in der nächsten Sekunde konnte das rote Licht der Jacht am Horizont stehen – dann dauerte es noch Minuten. Sie fühlte den Anprall – Splittern – entsetzensgelle Todesschreie – und plötzlich stand vor ihren Augen das Boot, das der Wal zerschlug. Nein – nein. Mit übernatürlicher Kraft entwand sie sich der Umklammerung des Grauens, tastete ins Dunkel hinein nach Arnis Arm: »Arni – nein – nicht! – Es sind Schuldlose an Bord!«

»Alle sind schuldig!« stieß er hervor und starrte geradeaus.

»Nein – nein, Arni, er allein ist schuldig. Die Bemannung. Deine Kameraden!«

»Ja – was?« knurrte er trotzig, ungeduldig.

»Könnten wir nicht ihn allein –?«

»Unmöglich.«

»Wenn wir dicht neben sie fahren und sie anrufen und ihnen drohen –?«

»Wie denn, Helga? Laß nur. Sie haben alle dabei geholfen.«

»Nein, Arni. Überlege, schnell – schnell! Gleich können wir heran sein. Dann nimmt Jon Jonsson seinen Kurs. Wir zwingen sie zu stoppen und ihn auszuliefern. Und wenn sie nicht gehorchen – dann – dann –«

»Dann ist es zu spät,« grollte Arni.

»Warum –? Wohin sollen sie uns entrinnen?«

»Sie werden uns ausweichen.«

»Arni, diese Lustjacht einem isländischen Walfänger ausweichen, der wie eine Möwe um den Wal herumzukreisen gewohnt ist! Lauf – lauf, Arni. – Sag es Jonsson. Ich eile hinab und sag es Bjarni Thorlaksson. Schnell, schnell.«

Im nächsten Augenblick schrie sie auf. »Da – da! Rot! – Das ist die Jacht – das ist die Jacht!«

Sie fiel wie ein Sack in den Maschinenraum hinab.

»Bjarni,« schrie sie, doch die Stimme klang kaum vernehmlich, wie in einem bösen Angsttraume war es, »stopp sofort, wenn das Kommando kommt. Wir wollen die Jacht anhalten.«

Und hinauf stürzte sie, sich bei der heftigen Schwankung des Schiffes mit ganzem Körper die Treppe hinaufwälzend.

Vorwärts ging's, dem roten Lichte nach. Mit letzter verzweifelter Kraft keuchte die Maschine. Unbeweglich standen sie nebeneinander im Bug und starrten auf das wachsende rote Licht.

Die Entfernung zerfetzte es in blutige Streifen mit schwarzen Zwischenlinien. Reißend kamen sie näher. Schon war das Licht eine längliche rote Scheibe. Jetzt sah man deutlich die Bogenlampe am Top. Der Wind trieb den Rauch weiß-wolkig über den Lichtkreis hin. Immer schärfer wuchsen die Einzelheiten aus dem Dunkel heraus.

Da war die erleuchtete Brücke – zwei Mann standen darauf – Kapitän und Steuermann. – Vorwärts – vorwärts. – Jetzt hielten sie den Schurken umklammert.

Wie sie den schwimmenden Wal hundertmal beschlichen hatten, schossen sie an die Jacht heran. Mit dem verwegenen wilden schaukelnden Bogen, mit dem sie haarscharf an das ahnungslose Tier heranpirschten, wenn die Harpune schwirrte, stürmten sie auf Meterbreite an die Seite der Jacht heran.

Blendende Helle fiel von drüben herüber über das dunkle Deck des Walfängers – schrill schrie sein Nebelhorn, aufjagend, dicht neben der Bordwand der schlafenden Jacht durch die Nacht.

Drüben auf der Brücke prallten die beiden Männer, wie körperlich von dem Mark durchbebenden Tone getroffen, gegeneinander, taumelten dann zur Seite gegen das Geländer des Laufsteges und schrien hinein in das Dunkel. Eine gleitende Unheimlichkeit sahen sie neben sich in ihrem eigenen Lichte.

Gefahrdrohend dicht rannten die beiden Schiffe nebeneinander dahin. Jetzt verlangsamte sich drüben die Fahrt, auch Jonsson stoppte ab. Wenige Augenblicke später glitten sie, von den Wellen torkelnd auf und niedergeschleudert, Seite an Seite her.

Nun hatte der Kapitän drüben das Sprachrohr am Munde: »Seid ihr des Teufels, ihr da drüben,« klang es gröhlend auf Englisch aus dem Schalltrichter herüber. »Wo habt ihr eure Lichter?«

»Schert euch nicht um unsre Lichter,« drang Jon Jonssons Stimme aus dem Rohre durch den heulenden Sturm, »holt euren Herrn an Deck.«

»Wer seid ihr?« schallte es zurück.

»Schert euch nicht darum. Holt den Herrn.«

»Seid ihr ein Regierungsschiff?«

»Fragt nicht. Holt den Herrn. Rasch, sonst geschieht ein Unglück.«

Dem Kapitän drüben graute vor dem schwarzen Gespensterschiffe, das, jäh aufschreiend, neben ihm aus der Nacht herausgewachsen war. Er schickte den Steuermann zu des Herrn Kabine.

Einige Augenblicke schaukelten die Schiffe nebeneinander auf und nieder. Dann trat drüben aus dem erleuchteten Eingang zum Unterdeck Karl Foehre hervor. Sein schwarzes Haar hing, von den Kissen zerwühlt, in sein verschlafenes hübsches Gesicht, um seine Glieder schlotterte in der Nachtbrise ein langer Schlafrock.

Bei seinem Anblick schlug Helga Helaason in aufschäumender Wut mit den geballten Fäusten auf die Eisenstange des Geländers, daß sie in hellem Klange aufsang. Sie beugte sich in die Dunkelheit hinaus und schrie hinein in den Sturm: »Du Hund – du Hund!« Und sie spie haßtoll hinüber. Die Worte verwehte der Sturm. Die Liebe zu ihm war tot. –

Arni Einarsson packte in eisiger Ruhe den Hebel seines Geschützes.

Der Kapitän rief seinem Herrn jetzt von der Brücke aus etwas zu und deutete auf den irrenden Schatten dort in der See. Foehre starrte begriffsstutzig.

»Sie Mensch,« rief Jon Jonssons Rohr, »ins Boot mit Ihnen, Sie sind unser Gefangener.«

Foehre tastete halt suchend hinter sich gegen die Wand des Treppeneinganges. Es schien Helga, als würde er grün von Grauen ob der aus dem stürmenden Dunkel gebietenden Geisterstimme. Sein Schuldbewußtsein ahnte die Verfolger. Er blickte mit angstgehetzten Augen hilfesuchend umher.

»Sputen Sie sich, Mensch,« rief die furchtbare Dröhnstimme vom Meere wieder, »in drei Minuten sind Sie hier oder wir rammen Ihren Kahn.«

Jetzt trat drüben der Tenor mit schlafrotem neugierigem Gesicht aufs Deck. Der Dichter folgte, ein langes Ausrufungszeichen des Schreckens, ihm auf den Fersen. Die gesamte Mannschaft kroch hervor aus ihren Hängematten und Verschlägen. Einer brachte dem Herrn ein Megaphon. Er setzte es an die Lippen.

»Was wollt ihr von mir?« tönte die Stimme, vor Furcht gebrochen herüber.

»Das werden Sie hier erfahren. Marsch ins Boot und herüber.«

»Kommen Sie aus Reykjavik?« schrie sein furchtgerütteltes Gewissen.

»Eine Minute,« kam hart die Antwort.

Da rief Foehre etwas zur Brücke hinauf. Drüben begann die Schraube zu arbeiten, sachte drehte der Bug nach rechts hinüber, von dem Verfolger ab. In vier Sekunden war Jonsson nach.

»He, ihr,« drohte er hinüber, »wenn euch euer Leben lieb ist, alle zusammen, laßt die Scherze! Wenn der Kerl nicht in zwei Minuten im Boot ist, wird gerammt!«

Drüben scharrte sich die Mannschaft zu hitzig gestikulierendem Kreise. Furcht führte das Wort – Selbsterhaltungstrieb entschied. Der Sänger sprach mit weiten bedrängenden Armbewegungen auf Foehre ein. Der Kapitän eilte von der Brücke herzu. Alles redete und sprudelte durcheinander.

»Noch eine halbe Minute,« schallte es unerbittlich durch die Nacht.

Da schlug Foehre auf die Knie nieder und stieß in entmenschtem Todesgrauen die Hände stehend dem Kapitän entgegen.

»Wir folgen euch alle zusammen, wohin ihr befehlt,« rief der Kapitän herüber.

»Verzichten,« kam prompt die Antwort. »Wollen nur den Herrn. Verbieten auch jede Begleitung, sonst wird gerammt.«

Auf quoll die Schraube, der Walfänger stampfte prustend zurück, den Anlauf zu nehmen.

Da brach Foehre drüben mit der Stirn nieder auf die Bohlen des Verdecks. Man hörte seine würdelosen Angstschreie bis hinüber auf den Walfänger.

Voll Ekel wandte Helga sich ab. Nein, dieser feige Lump war es nicht wert, daß wackere Männer ihre Hände mit seinem Blute besudelten.

»Lassen wir ihn,« sagte sie zu Arni und schüttelte sich. »Der Mensch ist zu ekel für unsre Rache.«

Da stieß Arni Einarsson sie zur Seite, seine haßgurgelnde Stimme schrie: »der Schuft soll nicht leben und sich rühmen, daß er dich berührt hat!«

Rot – blau – gelb blitzte es neben Helga auf – der Donner schlug ihr betäubend aufs Haupt – sie stürzte vornüber auf die Geschützrampe – ein Todesschrei gellte in die Nacht. –

Nie hatte Arni Einarsson besser getroffen. Mitten durch die Brust nagelte die Harpune Karl Foehre auf sein Verdeck.

Als Helga aufkam, war die Leine des Geschosses schon gekappt, der Bug drehte sich nach Steuerbord von der Jacht ab, lautlos verschwand der Walfänger in die Dunkelheit. – – –

Vier Wochen später war die schöne stolze Helga Helaason von Hlidarendi Arni Einarssons Weib und fern in Spitzbergen. Dort jagten sie den Wal.

Über tredition

Eigenes Buch veröffentlichen

tredition wurde 2006 in Hamburg gegründet und hat seither mehrere tausend Buchtitel veröffentlicht. Autoren veröffentlichen in wenigen leichten Schritten gedruckte Bücher, e-Books und audio-Books. tredition hat das Ziel, die beste und fairste Veröffentlichungsmöglichkeit für Autoren zu bieten.

tredition wurde mit der Erkenntnis gegründet, dass nur etwa jedes 200. bei Verlagen eingereichte Manuskript veröffentlicht wird. Dabei hat jedes Buch seinen Markt, also seine Leser. tredition sorgt dafür, dass für jedes Buch die Leserschaft auch erreicht wird.

Im einzigartigen Literatur-Netzwerk von tredition bieten zahlreiche Literatur-Partner (das sind Lektoren, Übersetzer, Hörbuchsprecher und Illustratoren) ihre Dienstleistung an, um Manuskripte zu verbessern oder die Vielfalt zu erhöhen. Autoren vereinbaren direkt mit den Literatur-Partnern die Konditionen ihrer Zusammenarbeit und partizipieren gemeinsam am Erfolg des Buches.

Das gesamte Verlagsprogramm von tredition ist bei allen stationären Buchhandlungen und Online-Buchhändlern wie z. B. Amazon erhältlich. e-Books stehen bei den führenden Online-Portalen (z. B. iBookstore von Apple oder Kindle von Amazon) zum Verkauf.

Einfach leicht ein Buch veröffentlichen: **www.tredition.de**

Eigene Buchreihe oder eigenen Verlag gründen

Seit 2009 bietet tredition sein Verlagskonzept auch als sogenanntes "White-Label" an. Das bedeutet, dass andere Unternehmen, Institutionen und Personen risikofrei und unkompliziert selbst zum Herausgeber von Büchern und Buchreihen unter eigener Marke werden können. tredition übernimmt dabei das komplette Herstellungs- und Distributionsrisiko.

Zahlreiche Zeitschriften-, Zeitungs- und Buchverlage, Universitäten, Forschungseinrichtungen u.v.m. nutzen diese Dienstleistung von tredition, um unter eigener Marke ohne Risiko Bücher zu verlegen.

Alle Informationen im Internet: **www.tredition.de/fuer-verlage**

tredition wurde mit mehreren Innovationspreisen ausgezeichnet, u. a. mit dem Webfuture Award und dem Innovationspreis der Buch Digitale.

tredition ist Mitglied im Börsenverein des Deutschen Buchhandels.

Dieses Werk elektronisch lesen

Dieses Werk ist Teil der Gutenberg-DE Edition DVD. Diese enthält das komplette Archiv des Projekt Gutenberg-DE. Die DVD ist im Internet erhältlich auf **http://gutenbergshop.abc.de**

.

Zeitfracht Medien GmbH
Ferdinand-Jühlke-Straße 7
99095 Erfurt, Deutschland
produktsicherheit@kolibri360.de